DU MÊME AUTEUR

Romans et récits

Aux Éditions Gallimard

CARESSE DE ROUGE, 2004. Prix François-Mauriac 2004 (Folio n° 4249).

KORSAKOV, 2004. Prix du Roman France Télévisions 2004 et prix des Libraires 2005 (Folio n° 4333).

BAISERS DE CINÉMA, 2007. Prix Femina 2007 (Folio n° 4796).

L'HOMME QUI M'AIMAIT TOUT BAS, 2009. Grand Prix des lectrices de *Elle* 2010 (Folio n° 5133).

QUESTIONS À MON PÈRE, 2010 (Folio n° 5318).

LE DOS CRAWLÉ, 2011 (Folio n° 5515).

MON TOUR DU « MONDE », 2012 (Folio n° 5828).

SUITE À UN ACCIDENT GRAVE DE VOYAGEUR, 2013. Prix des Mouettes 2013.

CHEVROTINE, 2014 (Folio n° 6053).

TROIS JOURS AVEC NORMAN JAIL, 2016 (Folio n° 6389).

DIX-SEPT ANS, 2018 (Folio n° 6735).

MARINA A, 2021 (Folio n° 6324, Écoutez lire).

MOHICAN, 2021. Prix Lamartine des départements de France, prix Marcel-Aymé, prix Léon-de-Rosen de l'Académie française, prix Terre de France (Folio n° 7262).

Chez d'autres éditeurs

ROCHELLE, Éditions Fayard, 1991 (Folio n° 4179).

LES ÉPHÉMÈRES, Éditions Stock, 1994 (Pocket n° 4421).

CŒUR D'AFRIQUE, Éditions Stock, 1997. Prix Amerigo-Vespucci (Folio n° 5365).

NORDESTE, Éditions Stock, 1999 (Folio n° 4717).

UN TERRITOIRE FRAGILE, Éditions Stock, 2000, prix Europe 1 et prix des Bibliothécaires (Folio n° 4856).

LE MARCHEUR DE FÈS, Éditions Calmann-Lévy, 2013. Prix du Livre européen et méditerranéen (Folio n° 5886).

Suite des œuvres d'Éric Fottorino en fin de volume

ÉRIC FOTTORINO

MON ENFANT, MA SŒUR

roman

nrf

GALLIMARD

Pour Élisabeth

«mon enfant, ma sœur
songe à la douceur
d'aller là-bas vivre ensemble!
aimer à loisir
aimer et mourir
au pays qui te ressemble!
(...)
là, tout n'est qu'ordre et beauté
luxe, calme et volupté.»

Charles BAUDELAIRE
«L'invitation au voyage»,
Les Fleurs du mal, 1857

maman

enfant je la voyais comme ça
maman
en icône sacrée
en champ de blé qui vague
dans l'air nacré du soir

à son visage brillait
la poudre d'or des étoiles rousses
et dans sa chevelure jusqu'au berceau de ses bras
coulait le bronze pailleté
d'une enluminure

je me trompais
je me suis tant trompé
sur maman

emplissant de sa peau chaque pore dilaté
recouvrant de sa parure chaque fil cuivré
la grâce de sa beauté n'était que rouille

déposée là
depuis l'instant cruel de ses vingt ans
où un midi plus noir que minuit
à cri
et à corps tordu
elle t'avait petite sœur à jamais perdue

des mains t'avaient enlevée
les boules à neige de son enfance
s'étaient brisées
les manèges n'avaient plus tourné
puis jour après jour
anéantie par ton absence
elle s'était mise à mourir

⁂

là où tu es
puisses-tu être quelque part
imagine à présent ses yeux rieurs
son mépris des convenances
sa fantaisie
ses facéties
la porcelaine de son sourire
son immense envie d'aimer
et d'être aimée
affreusement seule pourtant
avec ce sentiment odieux

d'être sale

parler lui est douloureux
prendre la parole c'est prendre
(et prendre elle ne sait pas)

elle a peur d'être mal jugée
rejetée
dénoncée
pour son passé de mauvaise fille
elle qui mendiait juste un peu d'amour

l'amour
depuis petite elle l'espère
de son père enfui au bout du monde
de sa mère
qui n'en a que pour ses fils
ne l'embrasse jamais
et jamais ne lui offre
l'abri de ses bras
maman est une enfant invisible
une ellipse une éclipse

quand elle daigne la regarder
sa mère lui reproche sa vilaine peau
son rire idiot
ses airs en dessous
et autres inventions
à l'adolescence elle la méprise
d'exciter les garçons
d'être une effrontée

ses piques laissent à maman
dans la poitrine
les morsures d'une scie égoïne

cherchant la douceur d'un baiser de sa mère
et privée de tendresse
et sevrée de caresses
maman si jeune encore
pose ses propres lèvres sur ses épaules
se répète tout bas
ces mots qu'elle ne connaît pas
bonjour ma chérie

alors aimer des garçons sera toujours
toujours
la meilleure parade
à la froideur maternelle

pendant les étreintes maman s'abandonne
ce n'est pas de l'amour
c'est de l'oubli
elle prend l'amour où il se trouve
dans les corps consolants
de jeunes hommes désirants
qui l'embrassent
et pire encore

(étudiants du Maroc
beauté irrésistible des peaux d'exil)

c'est l'amour avec rien autour

ainsi je suis né
ainsi tu es née

⁂

toi disparue maman s'est jetée
dans ce qui tuait le temps
les mots croisés
les romans-photos
les terrasses de café
la sténodactylo
les surprises-parties
les roulottes des voyantes
les promesses à entendre
les nuits à danser

pour vivre il faudra respirer
s'aimer
se préférer
reprendre ses études
devenir une femme
quitter ses habits de drame
ne pas se construire en victime

dans sa solitude
maman m'a nourri logé
elle m'a élevé
et m'élevant elle s'est élevée

tête haute
elle s'est refait confiance
ne s'est plus sentie en faute
libre et debout et fière
de n'appartenir à personne
sinon à peine et si peu
au gamin que je suis

elle m'a dit
c'est à toi que je dois la vie
et ivre de vivre
et forcée d'avancer
elle ne t'a plus espérée

⁂

à ma naissance déjà
trois ans avant toi
sa mère a voulu qu'elle m'abandonne
mais du haut de ses dix-sept ans
maman a résisté
je connais une image de nous sur son lit d'accouchée
elle défie l'objectif maman si jeune
trop jeune maman
sa chemise de nuit en toile légère
sagement boutonnée
sa crinière fauve

ses joues duveteuses constellées de grains roux
éclats de cassonade

seule dans sa vie
maman n'a peur de rien
c'est moi qui la protège

toi elle t'a perdue
tu n'es pas même entrée dans ses yeux
tu es sortie de son ventre
aussitôt évanouie
évaporée
sa mère avait tout arrangé
de ta disparition

*
* *

tu veux savoir
à quoi ressemble maman
elle est belle d'une beauté d'enfant
une enfant qu'elle était encore
quand tu es née
avec des jupes de fillette
des yeux marron où avec le temps se sont accusés
intenses
profonds et violacés
des cernes immenses
puits sans fond creusés par les nuits
succédant aux nuits

à te vouloir
à te pleurer

des Niagara ont bu son visage
foré des ornières
noyé ton absence
mais quand elle rit de son petit rire argentin
c'est la vie qui recommence
le bonheur un instant lui est rendu
fragile et cristallin

⁂

la voici maintenant à trente ans
petite lumière qui veille
douce à ceux qui n'ont pas eu la chance
d'avoir de la chance
qui comme elle n'ont pas de place
ne seront jamais à leur place

infirmière
maman donne aux autres
les soins qu'elle n'a pas eus
elle donne tout ce qu'elle peut
et plus elle donne et plus
elle se pardonne
(pourra-t-elle jamais se pardonner)
infirmière de nuit
elle rentre chez elle exténuée

se jette sur son lit
le soleil déjà
luit

quand elle veut oublier
les piqûres les pansements
quand autour d'elle
tous les bras sont lâches tous les bras
l'ont lâchée
si trop de solitude l'étreint
si un ineffable chagrin
l'atteint
elle brode ses robes de motifs bohèmes
de fleurs qu'elle aime
elle coud elle rêve
dans le sens
des aiguilles à tricoter

sa mère lui a si peu donné
sinon la vie

*
* *

à présent regarde ses yeux
regarde-les encore
prends tout ton temps
par instants s'ouvrent de minuscules trappes
d'où se détachent
des lambeaux de brouillard

les bribes d'une histoire sans paroles
le sel du spleen
la lame effilée d'un poignard
une envie d'en finir
ou de tuer
l'ébauche d'un espoir
te sentir contre son cœur
il arrive que sa figure blêmisse

alors elle se terre et se tait
engloutie sanglotant
par-dessus le trou noir de ton silence
de sa vie elle ne veut voir
que la fin

(ses yeux
deux petits lacs
de retenue)

elle a des fous rires d'enfant triste
elle s'enferme dans sa chambre
baisse la tête
convoque une ancienne douleur
un mal sans nom
elle jette contre les vitres des graviers de mots
envoie valser les journaux périmés
les journées déprimantes
les poupées molles et surannées
sans personne pour leur parler

sans toi
à quoi servent les années

⁂

maman parfois traite les gens de traîtres
des inconnus et puis sa mère
et puis la terre entière
sans joie elle enterre
sa vie de jeune fille
se flagelle
imbécile que je suis

après je n'entends plus rien
sur son lit
elle ne parle ni ne bouge

rouges
ses cheveux sur le drap blanc
font une flaque de sang

son corps est une torche vive
qui te cherche

le temps file midi passe
une angoisse l'envahit
elle ressasse son peu d'envie de vivre
quand elle reparaît enfin
de mille taches de rousseur son visage brille encore

elle a enseveli sa tristesse aboli
sa pâleur de mort
elle m'entraîne par la main
allons prendre l'air allons prendre un train
comme des voleurs on sort

(image d'un port
illuminé
d'un ailleurs rêvé)

pose tes yeux sur elle
avant qu'elle ne s'envole
si prompte à disparaître

tu ne la connais pas
elle ne te connaît pas

c'est ta mère

toi

je voudrais petite sœur inventer
une parole qui vole
de cœur blessé à cœur brisé
une parole
sans besoin de la dire
un mot
sans forcément l'écrire
un souffle une grâce le bleu d'une flamme
un baume qui sauve l'âme
et supprime tout de la peine
des vertiges et du manque
des cristaux de glace fichés dans les veines

j'aimerais qu'un jour
elle et toi
ne formiez qu'une silhouette
dans la lueur voilée d'un crépuscule
que vos mains s'attachent
que vos corps se touchent

que renaisse l'aurore volée
de votre amour

empêché

c'est de ça que je veux parler
de ça et de rien d'autre
revenir à cet endroit sans souvenirs
à l'histoire d'un autre âge
d'un outrage

*
* *

tu as existé tu as disparu
on t'a mise en sommeil
privée de nous et nous de toi
sa vie entière maman s'est défendue
de prononcer ton nom sinon
dans le labyrinthe de son esprit
tu as vécu ignorante
de qui t'avait enfantée
et il faudrait encore se taire

nos existences sont-elles si dérisoires
qu'elles pourraient se satisfaire
de vérités provisoires

je ne sais pas comment tu t'appelles
je ne sais pas ton prénom

je ne sais pas
ton nom
ton nom de famille
je ne sais pas le nom que tu portes
le nom qui te porte

es-tu brune
(follement brune)
es-tu blonde
(tellement blonde)
châtain clair ou foncé
couleur miel ou henné
auburn ou chocolat
et l'âge venant l'âge venu
cendrée ou grisonnante

as-tu les cheveux
telles lentilles vermeilles des rivières
sont-ils bleu pétrole
blanc argenté
ou dorés d'une traînée de foudre

les laisses-tu aller au vent
rappellent-ils les mèches les flammèches
de maman

je ne sais pas

es-tu grande petite fluette
ronde ou élancée
as-tu la peau mate

ressembles-tu à ton père marocain
comme le mien mais pas le même
ressembles-tu à maman

je ne sais pas

tes yeux
débordent-ils de bleu émeraude
d'éclats anthracite
sont-ils myosotis à l'entour de l'iris
ont-ils la brillance du soleil
les reflets de la pluie
leurs éclairs d'insouciance
implorent-ils une délivrance
puisent-ils
dans la palette du ciel

la lisière de tes pupilles
est-elle vert oasis
grenade ou saphir ou lapis-
lazuli
as-tu ce regard magnétique inoubliable
pour qui rien qu'une fois
l'a croisé

avec le temps tes yeux
ont-ils pris la forme des amandes allongées
qu'on croque à Fès à Meknès
dans la vallée des roses
ou du Dadès
ont-ils tourné au noir olive

au noir orage si
au fil des ans
redressant la tête et les épaules
et tout ignorante de toi
d'un trait de khôl d'un trait
tiré sur le passé
tu as pour te plaire
souligné tes paupières
tes doigts cédant au feu de ton âme
à l'appel de ton sang

(le noir de tes cheveux
a-t-il déteint dans tes yeux)

as-tu la bouche de maman
tes lèvres sont-elles fines
ou délicatement ourlées
pleines de sang vif et carminé
impudentes indécentes
ou résignées ou tremblantes
d'un amour égaré

je ne sais pas

et ta voix
l'intonation de ta voix
est-elle sourde aiguë gaie grave ou grise
as-tu à ton insu
enroulées dans ton timbre
les inflexions de maman
une manière de siffler les *s*

de cogner ta langue contre tes dents
d'avaler des syllabes
d'en détacher d'autres
finis-tu tes phrases
ou les laisses-tu inachevées
dans l'attente du mot
qui masquerait ta pensée
effrayée à l'idée qu'on pourrait la percer

je ne sais pas

à cet instant tu n'as ni cheveux
ni voix ni éclat dans les yeux
tu es sans silhouette sans couleur de peau
sans odeur sans chaleur
tu n'existes pas

tu es le froid

⁂

jamais mon regard
ne t'a même effleurée
et si un jour par hasard je t'ai vue
je ne sais pas que je t'ai vue
tu es un continent innommé
une hypothèse
une Atlantide
un blanc sur les cartes

de l'état civil
les vérités sont si fausses
et les hommes qui les inventent

si vils

de toi je ne sais presque rien
tu es née à Bordeaux
49
place des Martyrs-de-la-Résistance
bijou volé bougie soufflée
le 10 janvier peut-être le 9
de l'année 19
63
je cherche une preuve par 9

tu as vu le jour
dans un bastion religieux
où naître n'était pas vivre
des mains anonymes t'ont fait disparaître
sitôt née
sitôt arrachée
rendue à la nuit
fille de fille-mère
enfant de chimère

tant d'années
trop d'années plus tard
maman m'a dit ton existence
le monde a chancelé
j'ai vu son visage se fissurer

sa bouche se tordre ses dents claquer
jusqu'à se mordre
son corps entier secoué de spasmes

tremblement de mère

⁂

j'ai eu une fille
on me l'a prise

la phrase a retenti
explosé
bien après qu'elle me l'a dite
bombe à fragmentation

je me suis demandé alors
si j'aurais encore faim encore soif
encore envie
d'aimer la vie
si viendraient encore des fêtes
des ciels bleus
des fous rires
des mois de juillet
de la buée sur les vitres pour tracer des cœurs
et si nos existences encore
laisseraient une place à l'innocence

je me suis demandé
si seraient toujours figé le temps qui passe
et gelés nos gâteaux d'anniversaire
et glacées
les lèvres qui embrassent

j'avais les cheveux blancs
quand m'a saisi la nouvelle de ta naissance
brasillement lointain d'étoile morte
écho assourdi d'un drame
nimbé d'oubli
maman voulait à mon épaule
accrocher son fardeau
chaque jour davantage lui pesait
de te savoir quelque part
mais nulle part
mais n'importe où

j'ai eu une fille
on me l'a prise

une lueur vive a blanchi ma nuit
ils venaient de là
ses soupirs
ses coups de cafard
ses sourires en retard
ses humeurs
ses *je meurs*
ses *je t'aime* jetés dans le vide
comme sauts à l'élastique
ses mots coupants ses découragements

que bien ou mal réparaient
ses trop-pleins de tendresse
dédommagements des tristesses

toute sa vie maman l'a passée
à ne pas vivre

⁂

de longues journées
je suis resté silencieux
pas un mot ne quittait ma bouche
voix perdue en allée
disparue
je n'ai rien su lui dire
à maman
ma main figée obstinément immobile
à des années-lumière
de la sienne

ses troubles
c'est moi qui les ai eus
comme au pouilleux
on se repasse le mistigri

je pensais à l'impensable
dans la France éblouie d'électricité
trottoirs envahis de réverbères
une petite fille s'était évaporée

avalée
par des ombres sans nom

on avait volé ce qui ne peut être volé
pris ce qui ne peut être pris

et le plus formidable

est que personne ne la cherchait
et que tout était normal
et qu'on croyait dormir en paix

je te voyais petite sœur
sous une pierre de marbre
schiste endormi os dénudé aveuglant
à la surface d'une terre muette

des mots me criaient
qu'il n'y aurait plus de mots
pour dire ce gouffre

puis une nuit au bout des nuits
a jailli une vérité
tu n'étais pas de notre monde
mais tu étais encore de ce monde

*
* *

un dimanche au petit déjeuner
j'ai dressé le couvert pour trois
une place pour maman une place pour toi
et moi face à vous
j'ai acheté des croissants
préparé un chocolat chaud
une boisson d'enfant
ouvert une confiture d'abricots
on était Nicolas et Pimprenelle
j'ai fait vos deux voix
la tienne
celle de maman

sur notre table improbable
imprenable
se sont déposées quelques miettes
de vie quotidienne

dans l'air flottait une connivence
la confidence légère
du vent dans les branches
l'envie qu'ont parfois les astres de valser en plein jour
nous laissant croire qu'on existe

je t'ai offert
mon *Tom Sawyer*
tu regardais ailleurs

un rayon de soleil
dorait la peau des croissants

et nos visages
et nos sourires

nous n'avions plus d'âge
pour la première fois nous étions une famille
la lumière entre nous glissait
son marque-page
sans un mot j'ai débarrassé la table
corné un nuage
gonflé de très vieilles larmes

⁂

des nuits entières
des matins au réveil
quand le réel encore
pour une poignée de secondes
est un rêve du ciel
je me suis mis à te parler

ont surgi de l'enfance
des noms de gens sans importance
des noms de rues de lieux-dits
des adresses ensevelies
des amis d'avant
des jardins d'antan
que tu ne connais pas
une perfusion de sons et d'images
des noms de villages peuplés d'étrangers

où maman parfois
en juillet me plaçait
champs à perte de vue
écrasés de soleil
moissonneuses empoussiérées
clôtures électriques
fermiers aux gestes rudes
haleine des étés vides
souvenirs sans avenir
teintés de solitude
de frayeurs et d'ennui

je t'aurais dit mes cachettes
une clairière ombragée
un endroit à bruyères
à griffures à grosses mûres
à fraises des bois que je t'aurais offertes
en échange de rien d'autre que toi
avec moi

serre mon bras petite sœur
imaginons des parties de Jokari
de « Jacques a dit »
de Monopoly de mikado
des rues de Paradis
des cartes chance des pas de danse
des « souffler n'est pas jouer »
des bulles de savon avec nos reflets dedans
et des lambeaux de ciel
et des éclats de soleil
imaginons des jeux du mouchoir

des colin-maillards des bousculades
à qui se perchera le premier
sur le caddy du supermarché
ou dans l'escalator des Galeries Lafayette

le battement de ta respiration
ton souffle léger dans la chambre
ta chaleur en hiver
tes petits bruits ensommeillés
le moindre signe de ta présence
m'aurait rassuré
aurait vaincu ma hantise
d'être abandonné
quand une fois par jour je disais
j'ai peur
quand ma force n'était que faiblesse
quand tout en moi
redoutait qu'on me laisse

on aurait ensemble traversé l'enfance
nos doigts sinueux si noués
que nul à des inconnus
n'aurait osé nous donner
on aurait crié plus fort
marché plus vite
si d'aventure
quelqu'un en route
comme poussière d'étoiles
avait voulu nous semer

nous aurions pu être deux
toi et moi enfants
à jouer dans une baignoire
à nous toucher
à pousser des cris
à nous savonner
nous éclabousser
à mourir de rire
à nous embrasser
à boire bouche grande ouverte la pluie des gouttières
à nous porter sur le dos
toi sur le mien
monte là-dessus tu verras Montmartre

si on se connaissait si on s'était connus
si pour grandir l'un sur l'autre
on s'était appuyés
sans doute se serait-on disputés
réconciliés
épiés jalousés
aimés aussi
et malgré nos cris nos fâcheries
tu m'aurais offert
inépuisable cadeau
le mystère infini
du féminin

quand maman tardait
quand maman fermait sa porte
ouvrait la bouche pour parler
et ne disait rien

quand son visage se déformait
au passage
d'une peine insondable
d'une colère muette
lèvre violette
on aurait pris notre rage à deux mains
tu aurais serré la mienne
je n'aurais pas lâché la tienne
doucement patiemment
on aurait broyé
l'épine de sa douleur

(maman
son visage de ronces
quand elle fronce)

⁂

maintenant Bordeaux
continue de se taire
je te cherche en vain
dans cette ville où tout se perd
les noms des petits évaporés
s'évanouissent à jamais
vendanges avortées
crimes parfaits
enfants portés disparus
emmurés vivants dans l'indifférence des pierres

des chais rancis
des cimetières de l'âme

sur le visage de ma mère
la nôtre
je traque les traces de ton absence
les voyelles et les consonnes
qui feraient de toi
une personne

ce trait amer au bord de ses lèvres
ces sillons exagérés
au coin de ses yeux flous
cette dureté de diamant
quelquefois
ces instants diaphanes où la lumière
dans son regard
subitement se fane
où sur son visage tout meurt et s'éteint
cette expression fugace d'attente exaspérée
d'inquiétude sans fin

est-il possible que ce soit toi
l'absence de toi

⁂

mes questions sont nuées d'oiseaux noirs
es-tu vivante encore

qui as-tu aimé
qui a pu
te tenir dans ses bras
te prendre sans te rendre
caresser tes cheveux
te faire mourir de rire
te consoler te séduire
savais-tu seulement que nous existions
qui te l'aurait dit
qui aurait trahi
ce secret au goût de cendre

j'ignore comment tu t'appelles
toi tu ne m'as jamais appelé
comment appeler ce qui n'existe pas

je t'invente avec mes mots
ils ne te feront aucun mal
tu ne sentiras rien sinon le tourment
de ne les entendre jamais

maman n'a plus la force
de te chercher
son cœur s'est déchiré
petit bout de papier inflammable
sans rien écrit dessus d'autre
que des cris muets
parfois elle dit
j'ai tout fait
j'ai tout fait
j'étouffais

j'étouffais

tu demeures pourtant
au plus profond de son être
dans la dentelle étoilée de ses nerfs
blessure irréparable qui saigne
sans qu'elle se plaigne
hémorragie perpétuelle
inguérissable
invisible plaie que rien ne soigne

ne crois pas qu'elle ait renoncé à toi
qu'elle t'ait abandonnée
mais ces années après ta naissance
à te voir au coin de chaque rue
au sortir des cours de danse ou des écoles de filles
sautant à la corde
jouant à la marelle
à te voir de la craie sur les doigts
le nez collé
à la vitrine d'une pâtisserie
ou à l'étal d'un marchand de chichis

à te voir partout

dans les rangs de gamines
chouchous dans les cheveux
marchant par deux vers la piscine
à entendre l'une crier *maman*
à regarder l'autre tendre sa joue

et confiante
réclamer un baiser
sans qu'aucune de ces suppliques
ne lui soit adressée
à force d'être transparente
à force d'à force
maman n'a plus eu la force

elle a fermé les yeux
dévié son regard
cent fois par jour changé de trottoir
elle a éludé un visage
esquivé une silhouette
fui une ressemblance
une allure
échappé à la torture d'espérer te reconnaître
sans jamais te retrouver

*
* *

maman voulait t'appeler Marie
ils ont refusé ceux qui t'ont volée
qui t'ont donnée
vendue peut-être à des étrangers
contre quelques billets
et trois *ave*
je me répète ce mot
volée

qui en toute impunité
dans la France si bien éclairée
de 1963
a pu voler une enfant
sous le regard de bien-voyants
décidés à ne pas voir

j'aimerais connaître le visage
de ces marchands d'obscurité

moi je t'appelle Harissa
par ces trois syllabes je te vois
piquante et parfumée
petite flamme rouge qui bouge
coquelicot en calicot
pourquoi pas Harissa

commençons par le commencement
mon père c'est le Juif le tien l'Arabe
ou le Berbère
je ne sais pas
évaporés disparus
ont-ils seulement existé
se sont-ils connus l'un et l'autre
chassés à coups de chapelet
par ma vertueuse grand-mère

plus tard est venu
mon père adoptif
mon autre père
l'homme qui m'a donné son nom

en cendres à présent
dans son linceul
fils de Tunis
Michel Signorelli raffolait de sirop d'orgeat
de biscuits à l'anis
il fut le premier le seul
à qui j'ai dit *papa*
nulle goutte de son sang n'irrigue mes veines
tant de sentiments pourtant
à lui m'enchaînent
nul doute qu'il t'aurait adoptée
une fille ça lui aurait plu

Harissa je suis aussi seul que toi
j'ai attendu de la même attente
manqué du même manque
longtemps mon père juif
m'est resté inaccessible
comme ta mère invisible chimère
nous sommes pareils
pareils
enfants du demi-deuil
laissés au seuil de leur vie
noyés d'absence et d'ombre
étouffés d'insignifiance
encombrés de faux amis de faux témoins
tu aurais été ma main complice dans la nuit
ma peine coupée en deux
ma rassurance

je reviens à la couleur de tes yeux

ici commence l'inconnu
peut-être bruns peut-être turquoise
à vivre dans des nuages les Berbères
ont parfois le regard clair

⁂

sitôt née
sitôt arrachée à maman
il lui fut refusé
la joie de te toucher
la consolation de sentir sur sa chair meurtrie
ta jeune vie s'ébrouer
l'éblouir
l'apaiser

pas un instant ne lui fut offert
pas une seconde
pour sentir ton corps chaud
pas de cœur à cœur
de peau à peau sur le sein
pas un seul battement partagé
pas un soupir pas l'ombre
d'un regard
d'un espoir

(n'était-ce pas mieux après tout
qu'elle n'ait pu te toucher

ni même t'effleurer
elle qui toute sa vie dut supporter
le manque de toi)

un concert de dévotes
aux voix sentencieuses
murmurait
assez fort pour qu'elle entende
ça lui apprendra
à cette marie-couche-toi-là
connaît-on limites à la terreur
et à la cruauté
au royaume terrestre du Seigneur

elles t'ont emmenée au nom de Dieu
au nom du bien et de tous les saints
des religieuses improvisées sages-femmes
au premier râle
t'ont fait disparaître
ton premier rôle n'était pas de naître

devrais-je t'appeler Leïla Layla
Samia Anissa Jamila
ou ont-ils osé Lisette Jocelyne
Annie Martine

maintenant je t'appelle Harissa
un prénom c'est un début
de conversation

⁂

t'est-il arrivé
respirant les parfums de la cardamome
du fenugrec
ou l'odeur tiédie du café
de sentir le fourmillement
d'une très ancienne mémoire
l'offrande inattendue faite à la fille du Sud
que tu es sans le savoir
(peut-être le sais-tu)
d'un bout de roc
de Maroc
d'un diadème de vie bohème
enchâssé dans ton cœur

perçois-tu cet infime tressaillement
un souffle un prélude
une image
un mirage
la courbe effilée d'une palme dans le soir
un signe qui désigne
le chemin d'où tu viens
impossible à retrouver
marques effacées
brouhaha d'une gare de triage
échos halos
erreur d'aiguillage
es-tu seule sur un quai sans savoir où aller

je t'imagine enfant
autour de toi rien ne bouge
demeure pourtant tenace
un froissement
un frisson
le vent de l'Atlas
l'ineffable tourment qui te révèle
la senteur poivrée des feuilles de menthe
le relent grisant de la coriandre
de l'huile d'argan
des oliviers à feuilles d'argent

sur ce chemin trop régulier
que d'autres t'ont tracé
sens-tu parfois petite fille tes jambes qui vacillent
l'impression d'une perte irrémédiable
ou d'un déjà-vu
face aux affiches des agences de voyages
qui promettent
le soleil
le sable
le Sud

marches-tu d'un pas lent
à l'orient de ta peine
oscillant tête basse
pesante et lasse
en équilibre fragile
sur l'éminence de ton cou
(atlas)

as-tu envie parfois de revenir sur tes pas
distinguant lointaine une voix
qui ne parle qu'à toi

⁂

J'ai retenu ce compliment
appris à l'école pour une fête des mamans
recroquevillés sur la page
les mots disaient *merci pour le creux douillet de tes bras*
le jour filtrait par les volets de sa chambre
le soleil de mai nous caressait
de son hâle
maman m'observait
une ombre voilait son regard
j'effleurais l'opale blanche
de son épaule

comme un cadeau j'ai déballé
mon petit compliment
elle m'a pris contre elle
ses larmes mouillaient son sourire
on aurait eu de la place pour deux
dans le creux douillet de ses bras
l'un d'eux resta inhabité
cratère éteint
gisement d'amour pour rien

tu n'étais pas là

je prenais tout l'espace
maman me serrait trop fort
m'embrassait à m'étouffer
Vénus callipyge du haut de ses vingt ans
j'ai mangé ta part de chaleur
m'en suis rempli
repu
ces instants de joie pure
j'aurais voulu avec toi les partager
tels quartiers de mandarine
colliers de friandises

Harissa quel miroir
t'a avalée

*
* *

la vie a passé
insondable impuissance
mes bras mes mains n'étreignent que du vide
soixante ans après ta naissance
il n'y avait plus personne
à questionner
à menacer
pas d'ongles à planter dans aucun visage coupable
pas de témoin pas
de responsable

il a fallu digérer la nouvelle
encaisser l'uppercut
tenter d'imaginer un bébé
une fillette à couettes et fossettes
une enfant perdue
une petite qu'on bouscule
une jeune fille en fleur
une femme enfin

à présent mes pourquoi se cognent
aux hivers
d'un hier effacé

t'ai-je consolée un matin dans la cour de l'école
après une paire de claques une dispute
une chute de patins
une glissade dans une flaque
une bousculade
la gamine qui pleure dans la rigole souillée
genoux écorchés
jupe froissée
collant sali et troué

c'est peut-être toi

et ma première colonie de vacances
cette petite collée à moi
qui se mange les doigts
corps maigre côtes saillantes
chaque fois qu'elle respire
voix rauque nez morveux

air et front fiévreux
une dent ébréchée

c'est peut-être toi

et cet étau dans la gorge
cette envie de pleurer qui surgit à l'improviste
même si tout va bien
surtout si tout va bien
ces mots qui pourrissent
à force de ne pas sortir
cette envie soudaine de disparaître

c'est peut-être toi
encore

dans la cour de l'école
peuplée de teignes
les insultes volent et m'atteignent
fillette femmelette
mauviette
chochotte omelette
gonzesse
je manque de violence
trop tendre pour être querelleur
un garçon doit attaquer
faire le méchant montrer les dents
je suis bien trop peureux
si peu sûr si hésitant
tout ce qui me calme c'est d'obéir
solitaire

je cherche un grand frère imaginaire
j'ignore que je suis ce frère

pour toi
jusqu'au sang je me serais battu
j'aurais cru en moi

enfin

entre être seul
ou être deux
j'aurais su la différence

(la voix lasse de maman
ce gosse sans cesse
pose des questions
trop grandes pour lui)

⁂

à combien de mots sommes-nous
l'un de l'autre
lequel
si je le prononçais
te toucherait de lumière

lequel
te ferait me dévisager
me demander de répéter

ce mot que j'ignore
(un mot qui arrête le monde)

quelle coupure
quel parfum dans l'air
quelle fêlure du ciel
réveilleraient ta blessure

ton absence
restera-t-elle ce long silence

il faudrait ouvrir la fenêtre aux mélodies
aux cris du vitrier aux saillies du soleil
il faudrait de la vie ne plus faire
une maladie

on étouffe ici

as-tu le petit nez droit de maman
t'ai-je vue rue Fondaudège
rue Judaïque
dans les ruines du palais Gallien
à Mériadeck
ou sur le pavé des Chartrons
devant la charrette d'une marchande des Quatre-Saisons
vers les chantiers de Bacalan
dans le quartier Saint-Michel
sur les hautes marches du marché des Grands Hommes
entre les Quinconces et la Victoire
un soir de fête foraine
es-tu venue tôt matin

sous la halle des Capucins
où mon oncle Alcide inventait du bonheur
le temps que durent les fleurs
dans les somptueux bouquets composés de sa main
que je livrais pour trois sous
aux clientes des beaux quartiers
je t'en parlerais si par miracle
tu apparaissais

(sans toi il fait nuit
comme en plein jour)

*
* *

maman est facile à reconnaître
même assise elle a besoin d'air
un simple regard l'éparpille
marque sa défaite
elle est en faute elle est en fuite
éternelle
petite fille inquiète

devant l'angoisse qui la tenaille
elle sort son bâton de rouge à rêves
si elle pleure elle ajoute un trait d'eye-liner
un filet d'Arcancil

mon trouble quand elle dit
je vais me refaire les yeux

maman ne connaît pas la douceur de l'oubli
chaque jour elle essaie de t'effacer
et chaque jour elle échoue
soulagée de son échec
elle inspire ton nom
elle expire ton nom
soixante-ans qu'elle vit en apnée
tu es sa peine à respirer

(quelle plus grande douleur
que le deuil d'une vivante)

⁂

je t'écris comme à la mer
avec l'espoir immense et fou
qu'une nuit dans ton sommeil
tu reçoives de mes mots
le sel d'un embrun
l'esquisse d'un appel

je voudrais te rencontrer
dans la ville qui t'a vue naître
alors je te dirais
ce n'est qu'un petit trou dans la poitrine
mais il y souffle un vent terrible
ces mots me fissurent
font le tour de ma blessure

les murmurant la première fois
des larmes ont roulé incongrues
impossibles à retenir
se tenait devant moi
dévorante
l'énigme de l'absence

je suis né troué

un trou dans le tendre du cœur
coup de fusil dans un album de famille
pères en charpie confiance envolée
ton visage annihilé
il ne reste plus que nous maman et moi
pas étonnant qu'on étouffe
le petit trou a grandi
aussi large qu'une tombe au nom effacé

ceux qui t'ont emportée
comme un paquet-cadeau
étaient-ils d'une grande famille de Bordeaux
ou un couple d'Espagnols très pieux

avec tendresse la femme stérile
t'aura baptisée
Conception
Mercedes
Dolores
elle aura sur toi soufflé
une tempête de bénédicités

Harissa petite sœur petite fleur
pimentée

⁂

t'es-tu une seule fois sentie différente
chez ces gens qui sans rien te dire
rien que pour eux t'ont prise

tu ne peux pas leur ressembler
mais le physique
ça va ça vient
les mêmes questions s'accrochent
au lierre de mes pensées
sont-ils des nobles à vignobles
à châteaux
qui t'auront appris le bien-comme-il-faut
la bonne couleur des vins
et des peaux
la place des fourchettes et des couteaux
fermer la bouche en mastiquant
savoir que Dieu
le seul digne de foi
laissa en croix mourir son fils
la même croix qu'ils t'ont passée
autour du cou
petite amulette de buis enchaînée d'or
sûrement t'ont-ils tracé une voie

une vie heureuse
tout le plaisir pour eux

et pour maman la peine

(ressembles-tu à ces filles de là-bas
peau brune cheveux noirs
venues de Sousse ou de Fès
qui parfois affolent mon cœur)

étais-tu une fillette dissipée
tes débuts dans la vie sont un trou noir
dans le ventre de maman
un trou de mémoire

as-tu sur la peau
dans le pli de l'aine
au bas du dos ou sous l'épaule
une tache pourpre qui dirait
une envie de maman
à l'aube de sa grossesse
envie de fraises
tache de fruit écrasé
tache de sang

ou encore
te sachant perdue
son envie de mourir
à vingt ans

⁂

à combien de centimètres faudrait-il se tenir
pour que naisse entre nous
un sentiment

je voudrais te laisser un indice
l'ignorance est une case prison
à ses barreaux aveugles
à leurs traits noirs sur ton visage
comment pourrais-tu échapper

des images surgissent
imprécises et confuses
tandis qu'on te donne à une autre
puisque maman
n'est pas digne de te recevoir
linotte dévergondée
vorace de sexe
à ne ménager sous aucun prétexte

savent-ils
les cerbères du Seigneur
qu'entre tous
le trouble amoureux
est le plus divin

jour de naissance
jour d'abandon
comme s'opère la sombre transaction

dans la chapelle voisine mamie
m'a planté devant un ange
quelques centimes suffisent à le corrompre
sitôt qu'il gobe une hostie en ferraille
il remercie de la tête remercie à tout rompre
faux jeton d'ange
à tête de mensonge
chasseur de primes
étouffeur de crimes

aux enfants les adultes tendent
des pièges indignes
maudit soit cet ange vénal au visage enjôleur
qui me bénit

(et moi qui lui souris)

⁂

de ton absence
j'éprouve toute la violence
je ne sais qui tu es je ne sais qui tuer
pour retrouver ta trace
découvrir ton nom
je voudrais une boîte postale une adresse
où déposer les mots l'émotion
la tendresse
en consolation du temps qui passe
glisse et blesse

ressens-tu parfois
un agacement une impatience
la sensation fugace
de n'être pas là où tu devrais
d'être une autre
que celle que tu es
égarée parmi les tiens au motif invisible
indicible peut-être
qu'ils ne sont pas tout à fait
ou à peine
ou si peu les tiens

dis-moi que te sont étranges
le timbre de leur voix
leur carnation
l'implantation de leurs cheveux
leurs goûts leurs expressions
leurs gestes les plus anodins
leur façon de marcher de manger de parler ou se taire
leurs tics de langage
dis-moi que ces petits riens
qui scellent d'indissolubles liens
te sont étrangers

dis-moi que plus ils se ressemblent
et plus ils te sont lointains

⁂

mes questions se cognent
ivres lucioles sevrées de lumière
sur les quais de Bordeaux-Saint-Jean
ai-je pu te respirer
sans te reconnaître

plus le temps sans toi
s'entasse

et plus j'ai froid

à la gare ce matin
s'inscrivent
les arrêts prévus de mon train
je lis Lesparre Libourne Cadillac Langon
je lis Eysines Le Bouscat Cestas Cenon
je lis Dax Bayonne Irún
dans quel ailleurs vis-tu
qui me dira si je brûle

sais-tu dissiper l'hiver des sentiments
ce creux ce vide si tu le ressens
sais-tu le combler

ensemble
est un mot qui tremble

⁂

je t'invente je t'invite
au milieu d'anciennes solitudes
mamie est au travail
maman sitôt rentrée
est ressortie
la Sainte Vierge en plâtre
vierge allaitante
sur le garde-manger de la cuisine
veille sur la boîte de sucre blanc
et sur moi
elle m'indiffère
cette Madone aux airs de maldonne
avec sa cape veinée de bleu
son sein d'albâtre son enfant do
qui dort en tétant
(à la messe où mamie me pousse
j'entends
tu es bénie entre les femmes
et béni le fruit de tes entrailles)
je n'ai rien à leur dire
à cette mère à ce fils embullés
je suis seul le temps s'étire
rien que du silence à écouter
l'araignée sous le vasistas du grenier patiemment
tisse sa toile
fragile tremblante
et dans le soleil scintillante

une frayeur diffuse comprime ma poitrine
et si personne ne revenait

par ce matin enfantin
s'ils m'avaient laissé pour de bon
un chef-d'œuvre d'abandon
dans cette poussière
dans mon ennui de pierre
je t'invente je t'invite
ma crainte s'estompe tu es là
je veille sur toi qui me gardes
et me regardes

je voudrais te dire en secret
que je suis le Sébastien
de *Belle et Sébastien*
je lui ressemble il paraît
en vrai il s'appelle Mehdi
son père est marocain
je voudrais te dire aussi
que je suis Mowgli le petit d'homme
sans très bien savoir
de quelle jungle je viens
et bien sûr tu me croirais

⁂

tout à l'heure maman est revenue
visage défait
est-ce pour un amour
que son cœur se déchire
un passant dans la rue

l'aura-t-il mal regardée
ou bousculée
elle se liquéfie pour si peu

tu attraperais une serviette-éponge
sécherais ses chagrins de passage
et sous l'ondée de son regard
je ferais naître un sourire
à nous serrer entre ses bras dans sa chaleur
on serait bien

⁂

d'abord je ne t'ai pas cherchée
j'ai pensé *à quoi bon*
il aurait fallu opposer au destin
un déluge de beauté

as-tu survécu sans le visage de maman
sans l'esquisse de son visage
fenêtre sur cœur d'où jaillit souvent
après la pluie
un air de beau temps

as-tu survécu privée de ses baisers
de son sourire
des robes à volants
des falbalas

qu'elle aurait forcément
inventés

juste pour toi

as-tu survécu
privée des ballons de baudruche
gonflés du souffle aimant
de maman
privée des secrets de filles
des mots facétieux
qu'elle aurait chuchotés à ton oreille

juste pour toi

sans sa tendresse océanique
as-tu résisté
à la panique

privée de ressemblance
de signes complices
de connivences
es-tu revenue de l'exil maternel

as-tu surmonté ta détresse alourdie
de toutes les caresses refusées
des attentions perdues
des occasions manquées

pas de corps
pas d'arme du crime

pas d'air de famille
pas de liesse
pas de lisses dragées
de présents
de trousseau
de langes
de berceau
pas une ligne dans le journal à la page du carnet
pas de madame et monsieur ont la joie d'annoncer
pas d'heure pas de date
étouffé le scandale
disparition parfaite

il ne s'est rien passé

⁂

je voudrais qu'en toi s'obstine une trace de nous
rivière souterraine
mélancolie secrète qui parfois te hante
lancinante
je voudrais à ton insu
être un membre fantôme
dont le souvenir à bas bruit remonte
un sentiment à contre-jour
à contretemps
flaque de soleil dans l'eau fraîche
parmi les étés sans guirlandes

te saisit parfois
sans que tu saches pourquoi
j'imagine
l'impression d'aller de travers
pied gauche dans le soulier droit
la vie à l'envers
frémissement de feuilles au vent
hésitation légère
et dans les courants d'air qui te font pleurer
le pollen avili
poison ranci d'une vieille haine

si par surprise quelqu'un te demande
qui sont tes parents
pourquoi cette peine

réponse bancale cœur qui boite
à l'instant où s'incarne ta mère
le corps de ta mère
une oscillation s'insinue
un crissement de l'air
l'envie d'être ailleurs le pouls qui s'affole
la gorge papier de verre
tu cherches un repère animal
une mare où t'abreuver
un drap trempé de nuit
empli de sa tiédeur
un isthme un canal
un fleuve Amour
une haleine d'entrailles venue
du ventre où tout commence

un goût de sang
l'entaille vitale qui à elle
te relie

(tu cherches
une origine du monde)

pourquoi cette réticence
un soupir sur la partition de la vie
ce léger embarras une gêne
un tracas
le cri inaudible
lointain
terrible et implacable

des gènes

⁂

j'imagine encore en toi
une apesanteur un flottement
tu es là et tu es loin
entre les mots que tu prononces
s'insinuent des blancs
ouverts à l'imprévu
des failles et des crevasses qui s'offrent aux prémices
d'une histoire à écrire
permettent l'irruption de visages perdus

d'inconnus dans le halo d'une mère
pas même entrevue

te tiens-tu droite et bien d'aplomb
ou ton dos tes épaules
ploient-ils sous le poids des non-dits
te sens-tu partout incongrue
quel est ce sentiment de n'être pas toi
de n'être que toi
qui te donne certains soirs
fatiguée
ou à l'aube d'un jour nouveau
une folle envie de tomber
afin qu'on te relève
pour que quelque chose dans ta vie

enfin arrive

être
naître
n'être rien

estime-toi heureuse
formule indigne et creuse
elle dit que le pire aurait pu être pire
il s'en fallut de peu
que maman soit jetée dans une cellule de Cadillac
la prison des filles-mères
pour avoir fauté
enfanté
hors des liens sacrés du mariage

déviance juvénile à réprimer
sans pitié

(au vice opposer
des sévices)

à ma naissance déjà
la prison avait fermé
maman a pu me garder
m'imposer
sa mère levait les bras au ciel
un fils de Juif sous son toit
Juif du Maroc de surcroît
elle n'a pas supporté la suite
et la suite c'était toi

on t'a abandonnée
j'ai gardé à vie
ce sentiment de faux départ
de c'est trop tard

*
* *

je scrute le visage de maman
sa façon à elle
de tanguer quand près de moi
chancelante
elle passe les yeux à terre
toujours prête à renoncer

sans son ultime aveu
que saurais-je de sa blessure
des abîmes de son ventre
de son dos qui n'aime que la douleur
sciatique
lumbago
comment sans rien voir
suis-je passé si près
de son malheur

toute ma vie j'ai frôlé maman
comme on frôle une catastrophe

maintenant je sais
la profondeur de ses regards perdus
de ses silences qui durent
un rien dans son allure
qui lutte et se tend
qui attend sans espérer
qui parle sans un mot
je sais
sa démarche lente
ses expressions absentes
sa pâleur
et sur les joues la mort des couleurs
l'effacement du rose
la fixité de ses yeux
je sais entre ses bras vides
le désert des grandes plaines

des forêts incendiées
le froid qui vient après

maman dit
j'ai les os gelés
hantise
banquise

⁂

années d'enfance où partout je suis seul
nos premières adresses
Bordeaux et ses environs
envoient des signaux de détresse
Mérignac
Chemin Long
rue Lecocq
Barrière de Toulouse
seul avec maman épouse de personne
seul à la fenêtre
à guetter son pas dans le noir
à scruter les ombres du trottoir
va-t-elle revenir
et à quelle heure
joie si j'entends ses talons battre le sol
je reconnaîtrais entre mille
leur frappe de petits marteaux
larmes si son retard
devient déroute

s'il est tard ou pire
je tire une chaise devant la porte
et m'assois immobile
intranquille
à l'attendre
(où es-tu
Harissa)

seul quand elle m'emmène chez une amie
vers sept ou huit ans
m'y laisse dormir deux ou trois soirs
et disparaît Dieu sait où
seul avec mamie après dîner
on joue au jeu des sept familles c'est difficile
d'en composer même une seule
on joue au rami
maman ne rentrera pas
ou très tard
pas de baiser de bonne nuit
pas de craquements sur le palier
aucun recours aucun secours
pas de *mon petit amour*
de lumière laissée allumée
de loupiote de veilleuse
de *mon p'tit loup*
pas de porte entrouverte
sueurs froides d'abandonné
il faudra encore me consoler
dans rami il y a ami
dit mamie
manque un père manque une mère

un roi une reine
pour faire une famille

où étais-tu Harissa
pendant ce temps de gorge nouée
quand mentait l'air que je respirais

sur ton visage d'enfant sage
épargné par les ravages
le reflet de maman
aurait dissipé mes frayeurs
dans tes yeux brillants
au plus fort de l'obscurité
j'aurais vu le jour
le rayon de l'amour
le soleil de minuit

je reviens sur les lieux de ta naissance
l'institution religieuse a disparu
qui curetait les ventres
éventrait les âmes
que puis-je trouver
même le chien le plus rusé
serait perdu
pas le moindre tissu pour exciter son flair

je longe la Garonne
revois nos promenades avec mamie
en automne
je ramassais les plus belles feuilles
dans mes narines l'odeur des marrons mouillés

après la pluie venait la rumeur assourdie
du mascaret
l'océan impétueux recouvrait
le miroir du fleuve
nappe brune entre les piles du pont de pierre
envies de voyages
de bord de mer

où étais-tu

dans les passages aveugles de Bordeaux
brillaient les vitrines des philatélistes
avec mamie on poursuivait notre déambulation
la Victoire
le cours du Chapeau-Rouge
la rue Sainte-Catherine
le parfum tiède et sucré
des pralines
les maisons de vin
leurs barriques cerclées d'acier
l'ombre d'Hölderlin
le Jardin public
les balançoires à deux sièges aux étraves de navire
de ses bras maigres mamie
nous aurait envoyés au ciel
j'aurais vu la gloire inonder tes cheveux
le soir on aurait retrouvé maman
ses seins amples et crémeux
notre place pour deux

avec toi le soleil
se serait levé la nuit

⁂

qu'ai-je vu de mes yeux
que ma mémoire a chassé
quand maman s'est arrondie
n'ai-je rien demandé
m'a-t-elle murmuré
dans mon ventre en secret
se fabrique un bébé
s'est-elle attardée un jour
devant une vitrine de layette
s'est-elle mise à courir
a-t-elle pensé mourir

énigme de ma prime enfance
on s'est connus avant ta naissance
puis naître a fait de toi
une inconnue
née pour ne pas naître

je vis ma vie à contretemps
trop jeune hier trop vieux maintenant
pour épargner à maman
ce supplice

à qui nous arrête sur les boulevards
dans ces années de pénitence
crânement elle dit
voici mon fils unique
je surprends son regard inerte
de ses yeux éteints elle est seule à voir
une revenante qui ne reviendra pas
cherche-t-elle effacée
ta silhouette enfuie
les secrets bien gardés sont des lames
qu'en nous les larmes
font rouiller

on a grandi ensemble elle et moi
et toi nulle part
et toi partout
elle a pleuré quand sont nées mes filles
s'est effondrée quand ma cadette à son tour
a mis au monde une petite fille
la vie reprenait sa voie normale
sa voie royale
violemment tu lui es réapparue
spectre dans ses oripeaux
douleur aiguë
frappant son cœur
sa peau
ses os

⁂

maman m'appelle
j'ai neuf ans
sa tête balance par-dessus l'évier de la cuisine
courbe fragile de son cou
sous ses cheveux relevés
un fin duvet
sa nuque
le creux de sa nuque sans défense
pâle opaline nervurée de bleu
petits bras de rivière
je voudrais lire dans ses pensées
deviner les mots cachés
derrière sa tête

(la nuque tendre et fragile de maman
j'y aurais bien laissé la marque de mes dents
comme en été dans la peau
des citrons)

sous ses friselis
une tache café au lait
un poinçon de naissance
elle me dit *monte sur ce tabouret*
attrape la casserole d'eau chaude
verse doucement
ses doigts remuent à travers la mousse blanche
qui bulle
la buée recouvre la vitre
ce n'est presque rien la buée
pourtant je m'en souviens

je dessine la tête à Toto
et sous mon nez
la moustache en shampoing du général Dourakine
tu peux rincer maintenant
maman pousse de petits cris
ses mains dans sa chevelure
sont des tourterelles
je lui tends une serviette
qu'elle noue à son front
envies d'envol

maman lave toujours ses cheveux
au-dessus de l'évier de la cuisine
elle fait chauffer l'eau
petites dents de butane qui dansent
sous une casserole bosselée
elle vérifie la température
puis m'appelle
j'espère et désespère
pas une seule de ses pensées
ne vient à moi
à coup sûr Harissa
maman t'aurait voulue près d'elle
elle aurait frotté tes cheveux noirs ou tes boucles d'or
les aurait séchés au Calor
lissés à la brosse dure
t'aurait murmuré des *je t'adore*
t'aurait initiée au henné
à toi elle aurait offert
la chair de ses pensées

je sais ce temps enfui

*
* *

depuis l'origine
nos vies sont trucages et illusions
faux et visages du faux

il faudrait tout rectifier
repartir de zéro
effacer la duperie
nous étions trois
je nous croyais deux
je me croyais seul

je n'ai plus rien à dire au passé
sinon d'aller se faire voir ailleurs
d'inventer
des jours meilleurs
je dois tout réviser
même les rires et les joies
et même
les pastels du ciel

sur les photos où nous posons
maman et moi
je ne vois désormais que toi
tu flottes dans ses yeux mi-clos

tu hantes son sourire figé
feu follet de ses décombres

le long de ses hanches
tombent ses mains mortes
faute de ta tête à caresser
de ton corps à serrer

que sont les mains d'une mère
privée d'un de ses enfants
(sans toi ses mains s'ennuient
oiseaux morts oiseaux
assassinés)

maman le sait
ce chagrin la suivra jusqu'à la fin
les photos d'autrefois mentent par omission
dans le purgatoire de sa mémoire
ton absence
est un silence de l'avenir

⁂

avant ses yeux fermés
aimerait-elle savoir
maman
si tu es son sosie
sa copie conforme
si le hasard

destin des bâtards
vous a voulues pareilles
à deux gouttes d'eau
si tu es son double caché son enfant craché
vies faussées
vies faussaires

(je ne pourrais le dire)

Harissa rêves-tu d'autres rives
si à Bordeaux le sirocco
sur ton capot la nuit
contre les vitres de ton auto
dépose
ses risées de sable rouge

as-tu des paniques violentes
des larmes qui ne coulent pas
frémis-tu
comme poignée de violettes

je colle mon oreille au ventre de maman
à travers son nombril je te parle
tu entends ma voix
je te demande si je te verrai un jour
si tu es mon frère ou ma sœur
s'il faut avoir peur
à maman je ne demande rien
le chagrin tient à distance
elle te porte comme on porte malheur

son ventre est sans espoir

⁂

la première voix que tu as entendue
est la sienne
si elle te parvenait à présent
un frisson en toi naîtrait-il
incontrôlable

tu es née voyageuse en transit
en simple visite
près de maman condamnée à vie
à te voir et te revoir endormie à ses côtés
souvenir mortel qui la tue
chandelle mouchée de l'espérance

parfois elle trouve belle la campagne
beaux les matins de la vie
il fait soleil
un début d'allégresse la traverse
elle pense comme on danse
m'entraîne vers une fête
avant que soudain la transperce
l'aile noire du souvenir

il a suffi que dans sa tête tu t'immisces
pour que l'ombre encombre ses yeux
une marée noire

silence un ange passe
silence
un ange est passé
et d'une voix sans pourquoi
d'un ton sans merci
elle a dit *on s'en va*
nous sommes rentrés visages fermés
son cœur débordait de toi

où que tu sois maintenant
je saurais t'arracher au néant
même s'il fallait traverser des forêts
cravacher jour et nuit
les pieds ensanglantés
s'il fallait le reste de mon âge franchir des marécages

⁂

je marche jusqu'à la place où tu es née
je remonte les avenues
je remonte le temps
les allées de Tourny
le cours de l'Intendance
la place Nansouty
la rue Vital-Carles
la place Gambetta
des noms plus jamais prononcés
depuis l'enfance
inconnus étrangers

à force de ne plus les dire
noms de herse de détresse
qui donnent le tournis

je continue
la piscine judaïque
la rue Abbé-de-l'Épée
et au bout comme un but
comme j'atteindrais la mer
ou une banlieue de l'enfer
la place des Martyrs-de-la-Résistance

j'interroge les façades qui ont tout vu
les fenêtres
des appartements cossus
les trottoirs
les arbres nus aux branches musculeuses
les portes cochères
les réverbères
le vieux marchand de parapluies
la dame de la mercerie
les vendeuses du magasin de couleurs

que reste-t-il de ce jour de janvier 1963
l'institution a déguerpi
le temps aussi
les bonnes sœurs seraient à Nantes
ou à Angers
elles ont emporté leurs registres
brûlé peut-être
tout devait disparaître

une autre congrégation les a remplacées
aucune chance aucune
de te retrouver
de braves personnes
des bénévoles
se souvient un habitant
je réponds *c'était du vol*

avec sa forme oblongue
ses platanes séculaires aux bras grands ouverts
son square et ses jeux d'enfants
devant la basilique Saint-Seurin tournée vers Compostelle
c'est une place hospitalière

la façade du 49 est en ravalement
un panneau indique
maison de l'adolescence
avec cette mention intrigante :
mise en conformité

je devrais pousser la grille
demander à l'accueil
la copie de ton acte de naissance
nom prénom adresse des parents
groupe sanguin fiche de soins
personne à appeler
si pépin

à l'entrée d'un immeuble la plaque interminable
d'un cabinet d'avocats

à quoi bon la lire
il est si tard

qui te ramènera dans tes langes de nouveau-née
dans la grâce immaculée de ton premier matin
disparue à jamais la vibration du premier cri

comme les jours ont vieilli

⁂

j'ai traversé la place vers Saint-Seurin
exploré la moindre chapelle aux arrondis de conque
le moindre recoin
me suis avancé jusqu'à l'autel
j'ai pris tout mon temps
mon temps de maintenant
j'ai croisé le regard de saints statufiés
de statues défigurées
je n'ai pas trouvé l'ange
on aura payé son silence
en sortant la lumière m'a ébloui

(tu m'as manqué Harissa)

à maman je voudrais demander
pourquoi tant et tant d'années
elle a vécu rue du Palais-Gallien
à portée de chagrin de la place

où tu es née sans naître
a-t-elle sillonné le quartier jusqu'à Saint-Seurin
dans l'espoir un jour
de faire rendre gorge
à l'ange cupide

à moins que cœur battant cœur battu
elle ait mandé un avocat de la place
qui aura pris un peu de temps
pour conclure que vraiment
un mot qui dit *vrai*
un mot qui dit *ment*
que vraiment non désolé
il n'y avait plus rien à faire
sinon
se faire une raison

sinon oublier

à nous deux on aurait pu la retenir
notre belle maman du soir
quand pressée de sortir
recherchant l'insouciance dans son manteau de solitude
elle me soufflait
ne pleure pas
tu restes avec mamie
tes cavaliers ton château fort
fais de beaux rêves

elle m'offrait en réconfort
avant de disparaître

une bouchée de Chocorêve
mais si rien ne se passait comme elle l'espérait
si une soirée s'annulait
je me faisais plus petit encore
ne réclamais pas même un jeu
trop heureux de son retour

obéissant
immobile et docile
je gardais pour moi la joie
de pouvoir la regarder
j'attendais que passent ses impatiences
ces soirs où elle aurait préféré
d'autres chevaliers servants

toi sa chérie sa poupée
elle t'aurait peint les ongles
coiffée selon sa fantaisie
tu l'aurais distraite et de son sourire
j'aurais reçu les miettes
notre vie aurait pris des allures de fête

je passe et repasse sur la place
je pense
à cette journée de janvier
1963
je voudrais gagner la salle des registres
pointer les heures les minutes les hésitations de plume
les ratures les noms barrés

ce jour-là j'étais là
et je n'étais pas là

jamais nous n'aurons été aussi près aussi proches
qu'à l'instant de nous perdre
j'ai voulu te voir
on a entrebâillé la porte
à maman j'ai fait signe de la main
mamie m'a tiré par la manche
m'a traîné vers la chapelle voisine
comme un dimanche
on a changé de planète
l'ange nous attend
sa voix
trop pressante pour être honnête
j'ai jeté toute la ferraille de son porte-monnaie
dans la gueule du loup ailé
une sacrée mitraille
pendant qu'on te volait qu'on t'arrachait
je gavais de pièces de monnaie un ange d'église

ce jour-là j'étais là
et je n'étais pas là

tu commences à le savoir
(passent et repassent les ailes
de l'offense)

j'avalais le même air que toi Harissa
nous vivions le même jour à la même heure
mais un léger décalage

nous a éloignés
quelques minutes à peine c'est peu
pour une si lourde peine

brisée la concordance des temps
trahie la vérité des mots
les bonnes sœurs n'étaient
ni bonnes
ni sœurs
et m'avaient privé de toi

(cet ange est mon premier souvenir
je n'en ai aucun avant
je suis né
le jour de ta naissance)

*
* *

si te retrouver est impossible
ne rien dire serait accepter
que tu n'as jamais existé
absoudre les sœurs criminelles
et l'ange complice

alors je remplis ton absence
de tous les mots
qui t'empêchent de disparaître

maman m'a eu si jeune
qu'elle était ma sœur
les maladies d'enfant
nous les avons eues ensemble
elle et moi cloîtrés à la maison
affublés des oreillons
nos lits à touche-touche
la vie m'a joué ce drôle de tour

n'avoir de sœur que ma mère

tu m'as manqué Harissa
tu m'as manqué et je l'ignorais
tu étais un creux au ventre
un point de côté
trois points de suspension
et dans les yeux absents de maman
l'ombre d'un soupçon
une ligne de fuite

*
* *

manques de toi
Harissa

jour d'ouragan domestique
envie de n'être pas là
de n'être pas né
jour de sirènes dans la ville

sensation d'épouvante
sonne chez nous une tante
avec sa fille
maman et mamie absentes
la gorgone furète questionne soupçonne
avise mon ours à qui manquent
une oreille
et un œil

elle s'en saisit
le tend à sa fille
pour toi ma chérie
je crie *aux voleuses !*
elles rient trop heureuses
dévalent l'escalier
n'en finissent plus de descendre
envie de me pendre

si tu avais été là j'aurais crié
c'est l'ours d'Harissa
mon souffre-douceur
temps passé blessure demeure

(dans la fourrure mitée
de mon ours dormaient
mes tristesses)

⁂

tu m'as manqué Harissa ce jour où
quai des Chartrons
le maître d'école nous mena joyeux
sur un vaisseau pimpant assoupi
le long de la Garonne
soudain avait retenti
une sirène
et ce cri
larguez les amarres !
un départ se préparait pour l'Afrique
ou l'Orénoque ou l'Oyapock
le cœur aux quatre cents coups
j'avais dévalé la passerelle
moi parti
maman se serait retrouvée orpheline de moi
à l'idée que j'aurais pu l'abandonner
son chagrin déjà me submergeait

tu m'as manqué Harissa
sans toi personne n'avait remarqué
que j'étais un enfant

*
* *

un soir d'insouciance à perdre haleine
un soir de confiance
je coupe la route des autos
des freins crissent
mes cuisses nues se brûlent

aux gaz d'échappement
mes chevilles frôlent
le chrome des pare-chocs
je torée les voitures
j'échappe au feu des calandres
je l'ai vue de loin maman
je ne vois qu'elle sur le trottoir d'en face
ses bras grands ouverts

un rayon irradie sa figure
mais son sourire tout à coup
se fissure
elle crie à peine elle me serre
m'a vu mort sur le bitume
impatient de son embrassade j'ai foncé vers elle
à neuf ans
on n'a pas le temps d'être patient
les yeux de maman
disent sa frayeur de me perdre
moi le seul enfant qu'il lui reste
comme est court le temps où un fils
au risque de sa vie
court vers sa mère

(depuis quand
ai-je cessé de courir
vers maman)

⁂

je voudrais une image une photo
un reflet sur l'eau
une petite marque
comme on corne la page d'un livre aimé
j'espère une borne
au bord d'un sentier
le chant d'une fontaine
le ticket gagnant dans une fête foraine

(je cherche l'enfance de ton visage)

⁂

je te suis à la trace sur cette place
tu es partout là où je suis
suspendues dans la lumière flottent
des syllabes de poussière
l'ombrage immuable des platanes
rien ne meurt rien ne fane
je suis là Harissa
je ne pars pas
je t'entends je t'attends
ma sœur mon enfant
mon enfant ma sœur

parmi ces frondaisons
ces vieilles pierres
ces fenêtres à guillotine

place des Martyrs je gratte la plaie
je reviens te chercher

tu m'as manqué ces jours gris
où mamie
m'entraînait dans un autocar
s'écriait d'une gaieté forcée
en route mauvaise troupe
on visitait à Picon une vieille tante
devenue folle
rendue plus folle encore de s'être vue
pour cause de démence
privée de son fils

(l'abandonite aiguë
tare familiale)

Picon chez les dingues
on y finira tous disait maman
sans desserrer les dents
un couloir sans fin
peuplé de spectres en pyjama
menait à la chambre
de la tante échevelée
mamie me forçait à l'embrasser
l'air sentait le désinfectant
la pharmacie
la tiédeur âcre de la mort
au bras de la dinguerie
d'une voix vaincue je demandais
si on partirait bientôt

puis les visages s'effaçaient
je m'endormais dans les effluves d'éther
c'était ma désertion
dormir comme on s'enfuit

on courait après le malheur
mamie l'aimait tant
qu'elle ne pouvait se contenter du sien

le soir un autre bus
nous déposait à Terre-Nègre
un hospice pour indigents devenu avec le temps
mouroir à vieillards

là nous attendait Odette
une Martiniquaise hors d'âge et malvoyante
qui m'offrait des biscuits mous en échange
de baisers sur ses joues
son haleine aigre encore me poursuit
dans mon dos la main ferme de mamie
dans mes côtes la pointe
de ses doigts grêles
Odette dirigeait vers moi
son regard sans fête
femme noire aux yeux révulsés
si hauts dans leurs orbites
qu'on n'en voyait que le blanc

à nous deux Harissa
on aurait traîné des pieds
tu aurais crié je me serais débattu

on aurait forcé mamie à rebrousser chemin
vers le Parc bordelais
vers les bateaux du bassin
on aurait réclamé des sucettes géantes
on aurait bu la Garonne
avec le Chevalier au cygne
on se serait enfuis
dans la barque de Lohengrin

nous riant des averses
et vêtus de chandails en laine
on aurait les doigts en l'air
sous le grand parapluie ouvert
compté les baleines

mais tu n'étais pas là

ton absence
fut la plus douloureuse
des présences

(tu aurais été ma chance
mon cap de Bonne-Espérance)

***

je me souviens du moment
où j'ai su ton existence
de ces heures vides où mon esprit

s'est empli de toi
sans que je puisse discerner un visage
une silhouette
le timbre d'une voix
sans un souvenir
au secours de ma mémoire

j'allais d'énigme en vertige
photos truquées passé tronqué
tout était donc faux depuis le début
nous n'étions pas maman et moi
un petit couple
mais ce trio perdant
avec un membre arraché
le non-dit comme sauf-conduit
chagrin enfoui en guise
de remise de peine

maman avait parlé d'une voix mécanique
comme on débite une leçon apprise
sans chant ni cantique
récit récif
rocher dans la gorge

pourquoi s'était-elle libérée si tard
de ce poids qui l'avait écrasée
étouffait-elle à petit feu de t'avoir ôtée
du nombre de ses enfants
d'avoir retenu son garçon
effacé sa fille
de t'avoir comptée pour rien

le masculin encore une fois
l'emportant sur le féminin

longtemps maman avait cru
pouvoir être ma mère
sans se souvenir qu'elle était la tienne
c'était son assurance
de ne pas devenir folle
m'aimer pour deux et Dieu
reconnaîtrait les siens
mais ce mensonge par omission n'avait pu accomplir
son impossible mission
il avait fallu que tu surgisses
et qu'à ton existence elle rende justice

(comment t'imaginer
il faudrait replacer près de soixante ans
sur un visage d'enfant
que je n'ai jamais vu)

***

retour de la mémoire
maman sans rien dire
se rappelle cet instant
dans la pénombre d'une alcôve
une ambiance funèbre
des ombres s'agitent près de ton berceau
des silhouettes sans visage

murmures indistincts
portes qui grincent
on te prend on t'emmène
vers des bras inconnus
maman se redresse en nage
laissez-la-moi!
naufrage

on lui arrache sa vie
petit bout de vie
douleur intense
sensation de lourdeur
plus aucune force
sa conscience s'affaisse
tout s'effondre
lit vide
visage éteint
livide

c'est fini

⁂

Harissa es-tu
une inconnue définitive
(mon impossible
mon impensable)

⁂

la rue David-Johnston
la rue Esprit-des-Lois
le cours Xavier-Arnozan
la rue Frédéric-Bentayoux
le quartier de la Mission Haut-Brion
je me répète le nom des rues où nous marchions avec mamie
comme si soudain
filigrané aux façades obscurcies
m'apparaissait ton visage
je les remonte de mémoire et aussi
les sentes les venelles
les passages les ruelles
je respire l'odeur du bitume
sur les trottoirs après l'averse
j'entends les bruits de la ville qui me bercent
le ronron des Simca 1000
j'ai mal aux pieds mes souliers
sont trop petits
il faudrait les changer
je tire sur la languette de cuir
je les chausse avec une cuiller à soupe
glissée sous le talon
j'arrive au bout j'arrive
au bout de ces rues
je sens l'écho que font en moi leurs noms oubliés
égarés
dans le noir de mon enfance
les fantômes de la ville

ses murs badigeonnés à la suie du temps
les grilles et les entrepôts alignés
la veine brune de la Garonne
les flaques de pluie grandes comme le monde
miroirs de mon reflet déformé
où au risque d'une gifle je plonge
mes godasses usées

mamie m'interdit
de sortir seul dans la rue
de parler à des inconnus
à des étrangers
je me regarde dans la glace
et je découvre un inconnu
un étranger

mamie m'interdit
de suivre des hommes
que je vois pour la première fois
mais les hommes
je les vois toujours pour la première fois

je traverse le passé révolu
la rue Montesquieu
la rue Ausone
la façade Art déco de la Bourse du travail
le carreau des bouchers son sol sanguinolent
la rue Cornac ses trottoirs délabrés
ultime adressc dc mamie en vie
les cloisons de son logement à l'épaisseur de papier
d'où filtraient ses pauvres secrets

les pavés des Grands Boulevards
le Parc Lescure
j'en oublie
je voudrais tout oublier
tout sauf toi
dont je n'ai aucun souvenir

tes pas ont-ils jamais résonné ici
as-tu joué à la marelle
dans les ruelles ombragées de Caudéran
dans les impasses à étouffer des étés sans air
du Haillan
ou du Pont de la Maye
jetant ton mouchoir noué
sur les cases numérotées
reliant la terre au ciel

(je pense à une rue dont j'ai perdu le nom
qui sentait la compote de pommes
je t'y aurais emmenée les yeux fermés
quand nos ventres criaient famine)

⁂

elle sonne faux la vie
dans mon école où mamie
se crève les yeux au fond d'un cagibi
j'appelle «mon père» des étrangers
«ma sœur» des étrangères

et toi Harissa
tu n’existes pas

⁂

chez mamie
avant mon père de Tunisie
et ses mains prodigues
on tire le diable par la queue
même s’il faut soir et matin
prier le bon Dieu
encore heureux qu’on ait un toit sur la tête
une bouche en plus
nous aurait jetés sous les ponts
mamie vient d’une noblesse déchue
une grandeur d’autrefois survit
dans les services du dimanche
l’argenterie dépareillée
les pièces de tissus brodés
les assiettes à motifs pâlis
les dés à coudre argentés
un vieux moulin pour le café
une manière aussi
de se tenir droite
de ne pas plier la nuque
de redresser ses épaules
une raideur dans le malheur

(et jamais un mot
plus haut que l'autre)

on vit tous les quatre
mamie maman mon oncle et moi
un trois pièces sous les tuiles surchauffé l'été
glacial l'hiver
dans une demeure bourgeoise
du quartier de Caudéran
face au collège de Tivoli et ses volées de corbeaux
jésuites en aubes noires
diacres bonnes sœurs
enfants de Marie

la fenêtre de notre chambre
à maman et à moi
donne sur le jardin des propriétaires
un lieu d'aventures
planté de tilleuls et de marronniers
sillonné de chemins pareils à des nervures

à travers la mantille ajourée
des feuillages
une parure blonde fuse
dans un grincement de métal et de corde
en poussant de petits cris
la petite fille des propriétaires
est une princesse en robe à fleurs
avec dans les cheveux un papillon de satin rose
de sa balançoire elle appelle
une main amie

qui l'enverrait dans le ciel
je vois la princesse mais elle ne me voit pas
vivre sous les toits
c'est vivre sous la terre
Je veux que tu me pousses !
crie la fillette à sa grand-mère
moi je la pousse des yeux
de mes mains inutiles
qui se voudraient oiseaux
impossible de la rejoindre

(balançoire interdite aux locataires)

mamie me l'a assez répété
estimons-nous heureux de vivre là
cette maison n'est pas à nous
seul m'appartient le vertige

*
**

on n'allume jamais la lumière trop tôt
et il faut éteindre chaque pièce qu'on quitte
même pour y revenir aussitôt
mamie dort dans la cuisine
un sommier à ressorts posé sur le lino
recouvert d'un gros édredon
cloué au mur la protège un christ en ivoirine
sur son crucifix d'amourette

dans les trous du papier peint elle a collé
des images pieuses

à peine entrouverte
la porte du frigo libère l'odeur
de conserves éventées
dans un saladier des fruits tapés
raflés en fin de marché
vendus une misère
parfois donnés par le marchand
dont je fuis le regard de pitié
pommes abîmées
poires farineuses bientôt pourries
bananes à la chair ternie
que mamie soigneusement taille
à la pointe de son canif
sauvant le mangeable
ne pas faire le difficile
mastiquer
avaler sans moufter
pense à tous ces enfants qui meurent de faim

parfois au marché mamie
prononce la phrase magique
vous mettrez ça sur mon compte
un chiffre s'inscrit
sur un grand cahier à spirale

la dette
la petite bête qui monte

quand le dénuement s'aggrave
quand on est à l'os
mamie bravache lance son autre phrase magique
plaie d'argent n'est pas mortelle

(mot longtemps confondu
avec mortadelle)

on sauve les apparences
ne pas quitter la table le ventre creux
il suffit de racler
collées au fond de la casserole
les nouilles refroidies
de se bourrer de mie de pain
mamie la mâche sans se presser
une bosse naît sous ses joues
je l'imite
elle me répète *tu mangeras plus*
si tu manges lentement
c'est à qui
sur la toile cirée
rassemblera devant son assiette
le plus beau tas de miettes
pour en fin de repas
les pousser blondes
dans le creux de sa paume
et les gober d'un coup
nuque renversée
les yeux fermés

une hostie
dit mamie

(le pain c'est le pain de la veille)

⁂

par les petites sœurs mamie
récupère
des habits en état
des paires de souliers qui prennent l'eau
mais une feuille de journal roulée en boule
me permettra de marcher au sec
ce n'est pas la misère
juste une pauvreté bien installée
qui vit chez nous comme chez elle
décidée à prendre ses aises

bientôt avec une meilleure paie
maman nous installera au Grand Parc
un bâtiment loin de Tivoli
et de mamie dans son manteau gris

on sera bientôt dans notre HLM
maman me console
me dit *je t'aime*
c'est ça notre vie
notre vie sans toi
avant Michel Signorelli

avant le départ pour La Rochelle
une chambre pour elle
une chambre pour moi

où es-tu Harissa

tu as échappé aux injures
de la cour de récré
ton père est un courant d'air
pas vrai
et ta mère une pute
pas vrai

si des paroles blessantes heurtent ses oreilles
maman encaisse
elle dit
les insultes je les mets dans ma poche
avec mon mouchoir par-dessus

à Noël Harissa toi et moi
on aurait passé des heures
devant les prospectus de jouets
de vêtements
de décoration
que maman remontait de la boîte aux lettres

armés de ciseaux et de colle
on aurait découpé les maisons avec jardins
les chaises longues dans leur écrin de verdure
et de fleurs
on aurait aussi découpé des familles entières

pères élégants mères aimantes
enfants joyeux déguisés
du même sourire
illusion du bonheur

je me dis qu'ensemble Harissa
on aurait repoussé
les tombereaux de tracas
que la vie s'amuse à balancer
quand on n'est pas du bon côté
quand il n'y a pas le compte
dans le porte-monnaie

un soir en taxi
la pâleur de maman face au compteur
comment va-t-elle payer la course et le pourboire
sa panique
devant la fièvre des chiffres

⁂

pour le Nouvel An
nous descendons en procession
présenter nos vœux à la propriétaire
nous sommes les Rois mages
avec l'argent du loyer
et un gâteau
préparé par mamie
maman offre l'encens de sa beauté

mon oncle Alcide son sourire fleuri
moi la fausse insouciance
de mon enfance
si la petite fille avec son nœud de satin
joue Chopin au piano
on attend poliment à la porte
pour ne pas déranger les notes de musique
la propriétaire nous offre des chocolats
dit qu'il ne fallait pas pour le gâteau
j'irais bien retrouver la fillette
jouer avec toi côté jardin
dans le roulis d'une balançoire qui grince encore

⁂

nous coupons à travers la campagne de bronze
c'est l'automne j'ai dix ans
ou onze
mais en plissant les yeux
j'ai l'air plus vieux

maman conduit
Jacqueline à côté d'elle
son amie d'enfance
aux souvenirs qui s'estompent
elle l'appelle Quiquine c'est sa sœur
sa sœur de cœur
Jacqueline est la seule
à connaître ton existence

sans pleurer
vivante aux autres
et morte à soi
regard vide mâchoires serrées
cassée quelque part mais
ne sachant dire où
maman lui a tout avoué
à son retour de couches
dans l'hiver 1963
elle ne s'est pas appesantie
elle ne voulait pas de son apitoiement
son ventre n'était pas le nombril du monde
il fallait continuer à vivre

depuis ce temps
elles n'en ont jamais reparlé
Quiquine a peur
d'embêter maman avec ça
avec toi
maman pense que ce qu'elle dit ou rien

c'est pareil

quand Quiquine a perdu la mémoire
dans le naufrage de ses souvenirs
tu as disparu
(encore)

⁂

maman resplendit quand le soleil d'octobre
ranime sur ses joues lisses
des taches de rousseur abricot
elle porte des pulls à col roulé
les tiges cirées d'Emma Peel dans *Chapeau melon*
et bottes de cuir
elle sent bon la lavande
elle a l'air grave avec sa ride du lion
sa rage au front de poupée qui dit non

(as-tu sur tes joues un peu
du duvet de ta mère)

maman pense à toi tout le temps
le matin au réveil
c'est toi qu'elle cherche
me voit-elle comme une déception
elle m'appelle *mon chéri*
mon bichon
passe sa main dans mon cou
je lui demande combien elle m'aime
elle dit *tout plein*
elle mouille son mouchoir de salive
pour frotter ma joue maculée
de chocolat
je recule brusquement
(horreur de ce geste)
avec mes cheveux longs mes traits fins
le boucher du quartier

me donne du *mademoiselle*
je l'ai dit à maman
elle m'a regardé absente
puis d'une voix monocorde
a répété interrogative
il te prend pour une fille
son visage est demeuré impassible

à toi elle parle sans un mot
de sa bouche il ne sort rien
elle reste prostrée dans son lit
ses draps froissés sont les nappes
de tous les anniversaires manqués
pas étonnant qu'elle pleure
pour un oui
pour un non
pas étonnante sa mauvaise humeur
sa ride du lion cette usurière
qui tire à vue sur son visage
et qui l'accuse
elle rature sa jeunesse
fait de sa joie un leurre
pas étonnant qu'à petit feu maman
se meure

le secret est une infection de l'âme

*
* *

ne crois pas qu'avec maman la vie
soit triste ou austère
si le soir au contraire elle rentre joyeuse
elle peut être toute à moi
dans ces moments je ne saurais dire
qui est l'adulte qui est l'enfant

notre rituel commence par le dîner
devant un feuilleton télévisé
enfoncés dans les fauteuils en rotin
du salon
un coussin contre les reins
et sur les genoux une assiette de pâtes fumantes
qu'avec l'accord de maman
je parsème de cassonade
en guise de parmesan
je visse à ma bouche un tube
de lait concentré sucré
j'abuse des sucettes Pierrot Gourmand
caries aux dents
je plonge mes mains au fond
des paquets de lessive en poudre
à la recherche d'un cow-boy en plastique
d'un camion de pompiers

petits luxes

l'hiver maman prépare des soupes
de toutes les couleurs
soupes au potiron
soleils couchants dans nos assiettes blanches

deux astres sur le ciel bleu de la serviette
soleils en parhélie
amorce de la nuit

on termine les yeux collés à l'écran
dépliant les triangles d'aluminium
de nos carrés Gervais
je lèche le bout salé de mes doigts
en récompense du festin maman
réclame un baiser qu'aussitôt
elle me rend

avant le prince charmant de Tunisie
juste elle et moi nous deux
on habite alors cet appartement spacieux
de la cité moderne
un déménagement comme une nouvelle chance
entre les barres d'immeubles
siffle le vent

maman me laisse l'argent des courses
je coupe par un terrain vague
jusqu'au Suma
ils m'attendent toujours là
la Dinde et son frangin la Fouine
clope au bec
voix rauques gestes brusques
pas le genre à donner des bonbecs
ils me stoppent net
crachent dans mes cheveux
jouent à pique-couteau

contre ma peau
sangles de mon sac à dos coupées
sanglots ravalés
la lame frôle ma joue
perce déjà le tissu de mon pantalon
premier sang
je rends les armes et la monnaie
les pièces de maman
les billets de cinq francs
la figure chiffonnée de Pasteur

je rentre défait
souillé dépouillé
maman me console
on est seuls

*
* *

je t'entraîne dans mon enfance
qui n'était pas l'enfance
emplie
de la mélancolie des adultes
de leur envie d'être ailleurs
l'argent manquait
l'amour tardait
comme maman parfois
devant l'école

mon cartable dans le dos
j'implore l'agent du carrefour
avez-vous vu ma mère dans une 4L blanche
8072 BZ 33
l'agent me repousse
le monde s'effondre
maman m'a abandonné

je réécris l'histoire avec toi
il nous manque des dents
toi en haut moi en bas
tu m'as rejoint dans la cour des grands
on aurait béni les embouteillages
les retards de maman
avec toi l'insouciance aurait tout emporté
maman aurait bien fini
par arriver

***

l'espoir enfin a frappé à la porte
il s'appelle Michel Signorelli
après le Maroc la Tunisie
un kiné aux mains d'or
sourire d'airain qui veut bien de moi
pour fils
alors sont venus mes frères
le premier
pour l'anniversaire de mes dix ans

le second pour le premier de l'An
En famille tome 1
un père
une mère et trois enfants
trois garçons
plus personne pour nous regarder de travers
pour nous trouver l'air suspects
indigents
insuffisants
le même nom pour tous
un nom solaire au parfum de glace à l'italienne
de quoi s'inventer une histoire sans histoire
un berceau en Sicile
le rêve d'une île

nul ne m'accuse alors de mentir
si je fais mine de pleurer Taormina
ou Syracuse
si je raconte la saga
sitôt entendue et déjà mienne
de l'exil vers la Tunisie
de l'exil vers la France
je bois la légende vraie à peine embellie
de ce Signorelli providentiel
je l'avale goulûment
comme les plaisirs sucrés
qu'il rapporte le dimanche
dans un carton blanc
petits flans tremblotants et nappés de caramel
nommés *puits d'amour*

maman d'un coup a perdu
son nom de jeune fille
et moi le mien
Ardanuit
notre nom avec la nuit dedans
tombé comme une vieille écorce
exit la fille-mère et son bâtard de fils

désormais nous sommes
une famille respectable
presque enviable
commencent les années magiques
je suis immortel
rien ne peut m'arriver

*
* *

on s'est installés loin de Bordeaux
de ses noirceurs
de ses cancans de ses curés
des mauvais souvenirs
des mauvaises rencontres
loin de tout ce qui avant était nous
quand nous n'étions rien

au soleil de La Rochelle
on a réchauffé nos ailes
l'ordinaire à vue d'œil s'est amélioré
joli couple avec enfants

maison avec jardin
on s'est mis à ressembler
à la famille des catalogues
sorties paisibles à la mer
à la campagne
ambre solaire
chapeaux de paille
panier d'osier pour maman
poussette rutilante biberons chauffe-biberons
petits baigneurs et nourrissons
doudous très doux
cadeaux de naissance
bougies d'anniversaire
maman toujours présente
aux petits soins avec nous
reflet roux sur l'oreille de la chatte
aux yeux de menthe
son reflet dans une soucoupe de lait
chants d'oiseaux arbres en fleurs
maman fière
au grand jour sans se cacher
d'être mère

après la honte la joie

il faudrait ne pas la quitter des yeux
pour voir la faille
et lire sur son visage l'archive
d'un drame sans paroles
sa peau laiteuse resplendit
la vie commence enfin

qui ressemble au bonheur
doucement s'installent les jours heureux
kermesses fêtes des écoles balades au môle d'escales
courses folles sous le soleil
entre les billes d'okoumé tombées
des gros cargos venus d'Afrique
sensations inconnues de liberté
de douceur
chocolat mousseux au goûter
crêpes de la Chandeleur
poulet-frites à la peau dorée le dimanche
crème anglaise
gâteaux à l'orange imbibés de jus
comme des babas
confitures d'abricots
écriture ronde et enfantine
de maman sur les étiquettes
abricot maison

(mon mot préféré
maison)

si nous déjeunons
dans les restaurants du Vieux-Port
mes yeux cherchent les plats les moins chers
ne t'inquiète pas des prix
insiste mon père
prends
ce qui te fait plaisir
je découvre les huîtres les crabes
les araignées à chair rosée

les bulots les bigorneaux
les crevettes dont on avale même la tête
et au dessert
entre les profiteroles et le chocolat liégeois
entre la poire Belle-Hélène
la pêche Melba
ma vie se résume à ce dilemme
dire ce que je préfère

le soir j'entends le pas de maman
sa voix
jusque tard dans le salon
pourquoi s'en irait-elle
mes inquiétudes évanouies
je m'endors sans crainte
depuis que je suis petit jamais
je ne l'ai vue aussi sereine
elle se sent aimée
pour ce qu'elle est
elle s'aime enfin
un peu

souvenir de son sourire
comme si rien ni personne n'avait existé avant
ni nous ni toi
surtout pas toi
la vie tend à maman une page blanche
vertige illusoire de l'oubli
trou de mémoire
miroir paisible de l'amnésie

mais si en elle rejaillit
le souvenir que tu as été
la peine à nouveau l'envahit
son regard couperet étincelle
noir à faire peur
tu es là
volet mal fermé
qui claque dans son cœur

⁂

rebaptisée Signorelli
(sans l'eau du baptême)
tu aurais aimé Harissa
les glaces de Judici en juillet
les baignades à Pontaillac
les serviettes qu'on repousse
pour à même la peau sentir
la morsure du sable brûlant
les horizons lointains du Verdon
le cierge de Cordouan dans le bleu profond de l'océan
tu aurais aimé le dernier soleil ardent
quand il ne laisse plus
entre ciel et mer
qu'un point de soudure incandescent
tu aurais aimé les plages
au pelage de lionne
leurs couleurs d'incendie
les étés insouciants

au fil de l’eau
les jeux de cerf-volant
les autos tamponneuses
les sucres d’orge
les balançoires hors d’âge
les tours de manège
les feux d’artifice
l’air du soir aux parfums acidulés
et collant aux dents les caramels au lait
les permissions de veiller
nos acrobaties sur les sommiers à ressorts
sur les parquets cirés
les leçons de natation à la piscine de Foncillon
où l’eau de mer
nous porte dans ses bras
tu aurais aimé le farniente
l’ennui des déjeuners étirés
jusqu’à l’heure de se baigner
la vapeur émolliente du couscous
les discussions des tantes Signorelli
sur l’art de cuire la semoule
de préparer les zlabias les makrouds la salade méchouia
la vie paisible des enfants sans histoires
qui s’en inventent en rêvant

où es-tu petite sœur
te trouverai-je sur le duvet des pêches
dans la peau du raisin
j’aimerais te faire écouter par gros temps
le souffle de la houle
les vagues qui s’ourlent au vent

(que sais-tu
de la rosée du matin
de la brise marine
des cormorans séchant au soleil
leurs ailes déployées
que sais-tu de la légèreté
du monde)

⁂

tu m'as manqué ce jour de la Saint-Valentin
où mes parents se sont mariés
dehors il neigeait des confettis
de la glace fondue
j'avais des souliers vernis
une cravate d'apparat tenue par un élastique
des cheveux craquants de laque
l'envie de prendre mes cliques et mes claques
sur les photos je grimace
je tire la langue
maman me regarde amusée
mamie tord le nez devant ce mari basané
tu n'es pas là
tu me manques
tu manques à ma vie
Harissa

ton rire nos rires
tes cris nos cris
nos chatouilles
nos gribouillis
la bonne nouvelle de ta voix

⁂

à La Rochelle
nous sommes au complet
la vie est belle
(à ce moment comment
pourrais-tu me manquer)

un quartier calme
rafraîchi par la mer
une maison ancienne
baignée de lumière
le matin la voix enjouée de maman
sa gaieté

dans une boutique des rues piétonnes elle achète
des tissus bigarrés
des châles d'hiver
des couvre-pieds
elle confectionne au crochet des macarons de couleur
qu'elle assemble en napperons
en dessus-de-lit
ça fait cosy ça fait cossu

tout nous étonne
j'entends des noms nouveaux
Geneviève Lethu
Sonia Rykiel
maman porte des pulls aux coutures apparentes
des chandails courts
des jupes-culottes et à son front
quelques plis de mélancolie

le samedi soir mes parents
reçoivent des amis à dîner
pour la première fois je dis *mes parents*

de somptueux bouquets
sont offerts à maman
ses joues se font aussi rouges
que les roses les plus rouges
déposées dans ses bras
elle se perd en mercis
s'excuse
de ne pas avoir de vase assez grand
rougit encore

(s'ils savaient ces gens
que sur la table de la cuisine
un verre à moutarde
héberge trois fleurs des champs)

des copains m'invitent chez eux
que j'invite à mon tour
combien d'invitations autrefois refusées

faute de pouvoir les rendre
devant les gens de la haute
les rupins les hautains de Bordeaux
chez eux je n'ôtais jamais mon manteau
en être ou ne pas en être

je n'en étais pas

tout change à La Rochelle
hiver comme été brille cette lumière fulgurante
qui éblouit qui enchante
La Rochelle par la mer avec un bateau grand ouvert
la voix d'Anne Sylvestre emporte la radio
goélands riants
beau temps

sur une étagère du vaisselier
vibre une chaîne stéréo
sous la véranda protégée
de rideaux bonne femme
maman a installé un éléphant au dos creusé
feuilles d'aloès qui dépassent
sensation d'opulence
jours de chance

mais d'où vient ce Pierrot lunaire
apparu un matin
sur la commode de l'entrée
une larme sur la joue

dans son bonheur à portée de main
maman garde une goutte de chagrin

⁂

la place des Martyrs est devenue
ma salle des pas perdus
appareil photo sur l'œil j'attrape
des visages qui pourraient être toi
des fillettes aussi
aux cheveux mordorés
(j'entends *morts*
j'entends *dorés*)
au cas où le temps les années
t'auraient épargnée

je saisis des expressions confuses
des airs découragés
des regards méfiants
des sourires suspendus
des yeux en souffrance qui fuient un souvenir
ou le cherchent désespérément

je les recueille d'un clic
ce sont mes preuves en argentique
le soir dans un bain de révélateur
je plonge mon papier blanc
des traits surgissent s'insinuent s'accusent
à quoi rime

de revenir sans cesse sur les lieux du crime
de me glisser
sous la peau de maman
d'éprouver
l'anesthésie du temps

je te donne Harissa
mes sauts pieds joints dans les flaques
mes Malabar
mes décalcomanies
les miettes de pain sur la toile cirée
mes albums d'Astérix le Gaulois
la queue du Mickey
les barbes à papa roses ou bleues
le sucre taché de café
les Bic du bourrier de l'école qui marchent encore
les cartouches d'encre violette
les confettis les cotillons
mon théâtre de marionnettes
ma collection de porte-clés
je te donne aussi
mes pochettes-surprises
mes gants blancs de premier communiant
mes gains de billes à la récré
la moitié des bonbecs
qu'on chipe chez Codec
je te donne
mon kaléidoscope
ses cristaux de couleur
ses formes languides
ses images liquides

je te conjugue au présent
je t'invente si fort que je crois me souvenir

de toi

je te prête aussi les manettes
de mon train électrique
on joue à la dînette je goûte
tes festins de fleurs
j'installe dans la chambre
mon damier rayé en bois de noyer
je te laisse gagner
apprendre à gagner
je te donne ma parure d'Indien
mon arc souple
ses flèches à embouts de caoutchouc
tu prends ma carabine de cow-boy
mon castor de Davy Crockett
tu me vises je tombe
tu me demandes si je suis mort

(ton rire encore
j'aurais tant voulu vivre
dans ce rire)

à l'heure du goûter
on partage une chocolatine
les Chamonix orange
les dragées rescapées d'une communion
on partage aussi
les tickets de manège

les cassettes bourrées de chansons
le nez en carotte d'un bonhomme de neige
les chaussettes dépareillées
les chaussons troués
les éclats de rire de maman
à chaque sursis de la vie

je la revois concentrée
à la main ses grosses pelotes de laine corail ou grège
Bergère de France
solfège
des aiguilles à tricoter
maman dit les mots *Courrèges*
(j'entends *courage*)
ou *Cacharel*
elle parle point mousse
point de riz
de jersey
je suis contre elle pelotonné
dans le cliquetis des pointes d'acier
petite musique de jour
murmure métallique
grammaire de la douceur
une maille à l'endroit une maille à l'envers
naissent un cache-nez un bonnet
un pull-over
mais rien pour toi
je pense à toutes ces fois où
même posture tranquille
assise le dos bien droit dans son fauteuil
à compter sans erreur ses rangées de fil

maman a entendu trop fort battre son cœur
l'a senti se serrer
comme ses mailles sur l'aiguille
une maille en paradis une maille en enfer

⁂

plus d'une fois j'ai failli
bousculer maman
dans sa plaie remuer le fer
conjurer le rien-à-dire
le rien-à faire
failli encore la tourmenter
failli te chercher pour de bon
sur mon planisphère
dans de vieilles affaires

as-tu déjà conjugué le verbe faillir
je faux
tu faux
faillir c'est être faux
c'est s'obstiner à se passer de mots
à fuir ses failles
à se mentir
à se dispenser d'agir
faillir être heureux
c'est se tenir chaud avec des *presque*
et des *peut-être*

des *demain si Dieu le veut*
et Dieu ne veut jamais

la vérité Harissa
je la cherche en t'écrivant
l'écriture est dans la blessure
l'écriture vient du désastre
de l'écorchure
de la colère
elle brise le silence
lézarde les murs
installe la turbulence

ne pas t'écrire
serait ajouter au pire
laisser croire que tu n'es venue au monde pour personne
que tu es née pour rien
que nul ne t'attendait

moi je t'attends

⁂

je pense à ce qui entre nous
n'a pas existé
je ne t'ai jamais donné la main
jamais touchée
aucun endroit de ton corps
ne porte trace du mien

nul espace de ton visage
même infime
n'a gardé la mémoire de mes doigts
pas une caresse
une marque de tendresse
pas une injustice partagée
rien qui à la vie à la mort
nous aurait unis

faire le tour de ce rien avec des mots
dessine plus grand qu'un continent
un infini un océan
de chagrin salé

est-ce ce manque logé en moi
depuis le jour caché de ta naissance
qui me fait voir sans cesse la mort sur la mer
le friable de la vie
le faible au lieu du fiable
et au moindre de ses retards
notre mère disparue

d'où me vient ce travers épuisant
de ne voir la vie qu'en noir

⁂

je vais te raconter Harissa
une séance de torture qui dure la vie entière

elle commence ce jour de 1963
quand une femme
au ventre plat
désespérément plat
empli d'espoir pourtant
attend que tu naisses

les mains des sœurs rapaces s'agitent en tous sens
des mains qui osent
des mains sans gêne
efficaces à te sauver du vice
mamie est la première complice
de cette histoire sans paroles
il faut
extraire de ce ventre souillé la lie du monde
sonner l'hallali contre l'immonde vaincu

maman se souvient
qui pourrait oublier la chair
de sa chair
ses mots si longtemps ravalés
elle nous les a jetés à la figure
il lui a fallu tout ce temps
pour plonger dans ses abîmes et en ramener
la petite fille que tu étais

sitôt accomplie l'expulsion
bien dire *expulsion*
la femme devenue mère est ressortie légère
dans ses bras l'enfant de la pécheresse
miraculeuse grossesse

Harissa *hosanna*
au plus haut des cieux
pour maman pas de délivrance
la détresse la perte de conscience
et puis plus rien qu'un adieu muet

(mamie se signe maman
se résigne)

à cet instant je vois
son visage de naufragée
et puis la chape qui lourdement retombe
les calmants les sermons
les mots chuchotés
ce sera mieux pour la petite
un foyer un nid d'amour
volée pour son bien
(mensonge véniel)
pour son bonheur
pour effacer la faute
la luxure
estimez-vous heureuse mademoiselle Angelina
l'a tancée tout à l'heure
la voix sévère
d'une religieuse sans miséricorde
femme de Dieu sans Dieu
tu ne seras ni orpheline ni pupille de la Nation
si on avait pu
s'il eût été encore temps
d'un coup d'aiguille bien placé
on aurait crevé cette tache

plus grosse à peine
qu'une pistache

(on passe l'éponge alors
n'y revenez pas)

*
* *

un conte de fées a-t-il commencé
une caravelle stationnée à Mérignac
majestueuse comme l'étaient les caravelles

son ventre blanc d'hirondelle
aurait gagné le ciel
direction le Sud
la Côte d'Azur
une propriété sur les hauteurs entre mer et montagne
ou une hacienda de Valparaíso
un ranch de Napa Valley
au nord de San Francisco

qui sont tes parents
j'imagine encore un couple expatrié
dans un vignoble californien
lui expert en vins et en tanins
elle se languissant loin des siens
de rester sans enfant

(une mère qui n'est pas ta mère
ne connaît pas ta faim)

*
* *

voici maman à vingt ans
tout sourire et pire
l'air insouciant
le printemps approche
elle fait mine de ne pas souffrir
d'avoir oublié
tu n'es pas même un souvenir

qui a su de maman le calvaire
et qui l'ayant su
a dit les mots qui réparent
a vu son masque
d'accouchée sans enfant
a deviné sa plainte muette
ses seins durs
sans bouche sangsue pour les soulager
son lait tourné en mauvais sang
ses accès de fièvre
ses mauvais rêves

à quoi ressemblent les seins d'une mère
empêchée de l'être

coupoles délaissées
aréoles privées
de l'auréole mouillée
que déposent avides et serrées
les lèvres des nouveau-nés voraces
les heureux les aimés
ceux qui défendent leur place
toi tu n'as pas laissé de trace
toute empreinte de toi s'est effacée d'elle

pas de miel pour les tétons enflammés
pas de crevasses
rien contre le givre de l'absence
contre les pleurs
rien pour adoucir
l'espérance arrachée
seins inutilement dressés
alourdis
enflés de vie de vent de silence d'abandon
maman s'efforce de ne pas penser
sa mémoire est un grand vide
sur sa poitrine désertée elle pose
des compresses d'eau tiède ou froide
le lait monte
fleuve offert au néant

si lui devient insupportable
le frottement de ses vêtements
si son lait perle
si elle n'est plus que pertes
maman bande ses seins

les écrase et aussitôt renonce
le bâillon n'est bon
qu'à la faire pleurer

alors lentement patiemment
elle tire son lait
puis le regarde s'écouler dans l'évier
c'est toi c'est elle
qui disparaît

ce n'est plus une femme
qui attend un enfant
mais un bloc de solitude
une âme errante une pleurante
qui se retient de pleurer

ce jour de janvier où sans toi
elle a quitté la place des Martyrs-de-la-Résistance
porte-t-elle une robe un chemisier
l'a-t-on soulagée
l'a-t-on aidée
à couper son lait

(mère sans enfant
vêtements buvards
vêtements bavards)

elle ne dit rien
fait comme si de rien
puisque rien n'est plus

maman seule
perdue
dans son linceul de silence

je reviens à l'épicentre du malheur
son ventre creusé ballon dégonflé
organes déplacés
sensation illusion
que tu es encore là
tout son corps réclame ce qui a été perdu

⁂

comme la mer sur une noyée
la nuit s'est refermée sur toi
un jour je lui demanderai
maman
cette enfant disparue
cette déchirure
te fait-elle mal encore
et ta douleur
où la poses-tu
sur une échelle de zéro à l'infini

⁂

revenir à Bordeaux est une violence
de chaque pas
je piétine mon enfance
dans le brasier des oublis
pourtant
je reviens te chercher
j'entends la cloche étouffée du tramway
qui passe et fait sursauter
dans les salons alanguis
les tasses de porcelaine et d'opaline ébréchées
pareilles à celles de mamie jadis
rescapées
d'une vie ancienne à particule
quand son sang bleu de *madame de*
semblait la protéger de tous les drames

ne crois pas Harissa
que pour maman tu n'étais rien
c'est elle au contraire qui longtemps
trop longtemps
a pensé n'être rien pour toi
les curés les fols-en-Dieu
lui avaient trop répété de leur voix coupante
qu'elle était une débauchée
qu'elle finirait sous les ponts
ou chez les fous de Picon

(ces mots restés en moi
couper les ponts)

elle se rappelle ta naissance
la seule journée où tu as dormi au nord de son lit
sans qu'elle puisse te toucher
sans que nul n'ait la charité
de t'approcher d'elle
de l'amener à toi
avant l'arrachement sans lendemain
(a-t-elle eu la force
d'un geste de la main)

pendant toutes ces heures
tu n'as émis aucun son aucun pleur
née sans un cri
sourcils froncés
as-tu senti qu'entre vous rien ne pourrait exister
d'emblée tu as su te faire discrète
couleur de muraille
de vitrail

ses deux grossesses interdites
maman les a vécues cloîtrée
l'arrière-pays niçois pour moi
une chambre grise aux peintures écaillées pour toi
loin des regards et des questions gênantes
dans une banlieue de Bordeaux
à l'intérieur de son ventre
nous étions deux fois cachés
comprimés sous les gaines
qui refoulaient ses rondeurs
de peur que d'autres sachent
jugent et jasent

on n'était pas nés
qu'on était déjà perdus
(qu'on avait déjà perdu)

j'en ai gardé cette habitude
une seconde nature
de me tenir en retrait
d'être celui qu'on oubliera
qui restera sur la touche
qui fermera sa bouche
avec le temps j'en ai pris mon parti

c'est si facile
de s'effacer

et toi Harissa
passes-tu ta vie à t'excuser de vivre
épaules rentrées envie de t'enfuir
as-tu la hantise de te montrer
une tendance maladive
à éviter le contact
tes yeux penchent-ils vers le bas
restes-tu des heures
le front appuyé contre la vitre
à préférer passer ton tour
à vouloir qu'on t'évite
à chercher la sortie en lettres lumineuses
parles-tu trop vite
pour ne pas encombrer

devant une robe un objet
qui te fait envie
renonces-tu chaque fois
en te disant *une autre fois*
fuis-tu qui te suit
trembles-tu ainsi qu'une feuille de papier pelure
as-tu au cœur des engelures
es-tu abonnée aux petites défaites
aux muettes blessures
et dis-tu souvent
faites comme si je n'étais pas là

si tu es comme ci
si tu es comme ça
si tu penses ne pas être de taille
alors pas de doute
de hontes en déroutes
nous sommes frère et sœur

⁂

je ne l'ai jamais tenue dans mes bras
jamais serrée contre moi

maman pense que c'est sa faute
qu'elle a commis l'irréparable
qu'elle n'a pas assez combattu sa mère
trop soumise trop coupable

incapable de se rebeller
pour empêcher ton abandon

je lui réponds
deux enfants sans mari
deux pères différents
deux étrangers
un juif et un musulman (ou un Berbère)
si ce n'est pas transgresser

je lui demande quelle image elle a gardée de toi
ses yeux embués fouillent sa nuit
elle se cogne au mur opaque
de l'interdit

sa voix soudain raffermie

elle doit être belle

son visage s'anime
dans son intonation perce
fugace
une fierté
une flamme brièvement l'illumine

de ta figure elle n'a pas gardé trace
le souvenir s'en est allé
dans la neige durcie de sa mémoire
le fil s'est rompu à peine
on t'a chassée de son regard
elle ignore si faute de caravelle une grosse auto

moteur ronflant
patientait dans la rue
ou si tu t'es perdue dans l'écheveau
des rails de Saint-Jean
emmêlés et brillants comme sa chevelure

⁂

maman se souvient à peine de ton père
de sa peau cuivrée
jamais revu
vite reparti
a-t-il jamais su ton existence

comme toi j'ai du mal à dire *papa*
à dire *maman*
aussi je dis *Lina*
pas Angelina
l'ange de son prénom
je lui ai coupé les ailes

maman te revoit endormie
trop loin de sa main
les bonnes sœurs s'agitent
une religieuse crachote
un bâtard c'est toujours le bazar
elle n'a pas dit que tu étais sa fille tout craché
elle a craché ce mot
bâtard

avant de t'emporter
sans un égard sans un regard
accompagnée d'une silhouette inconnue
naufrage des identités

(bâtard
celui
qui se bat)

déjà maman n'est plus ta mère
tu ne seras pas sa fille
début de l'effondrement
sur sa table de nuit un tranquillisant

engluée dans sa faute
convaincue comme le sont les victimes
d'avoir eu ce qu'elle méritait
année après année
maman n'a pas voulu te déranger
s'est empêchée de s'immiscer
dans ce qu'elle imagine être ton destin serein
sans histoire
sans peine et sans mémoire

quand elle pense à toi
ce n'est pas une femme qui lui apparaît
mais cette petite fille
jamais nommée ni embrassée
trésor de tendresse
moins fermement tenu
qu'une promesse

maman n'a pas eu de mains pour t'emporter
jusqu'à sa mort
ton ombre dévastera son cœur
y creusera des gouffres des galeries des catacombes
(odeur de soufre)

*
* *

chaque 10 janvier de sa vie
depuis soixante ans
maman reste couchée
elle te remet au monde
elle te demande pardon

dos et reins bloqués
elle se noie dans son lit
se répète que c'est sa faute
que tout est sa faute

je me console d'imaginer
ton esprit qui s'ouvre à d'autres rêves insoupçonnés
et voit sourdre par intermittence
la source claire d'une autre histoire
attachée à la tienne
tu tires sur tes cheveux bouclés
(à cet instant je les vois bouclés)
ton sang brûle sans dire son nom

petite fille de nulle part
arrêtons de jouer à cache-cache
au premier signe de vie
je me mettrai en marche

(voilà ce qu'il nous arrive
Harissa
la flambée des origines
le feu de nos racines)

*
* *

sans crier gare elle s'insinue
elle m'oppresse
s'installe en toute saison sans raison apparente
c'est une bête sauvage
qui surgit à l'improviste
me dévore de l'intérieur puis repart
me laisse sans force
hagard
c'est une douleur au cœur
une barre oblique dans la poitrine
le médecin ne voit rien d'anormal
un malaise à la gomme
une carence en magnésium
comment pourrait-il se douter qu'à bas bruit
le trou a grandi
depuis tant et tant d'années
me transperce

le croc pointu de l'animal
douleur sans nom
insécurité sans fin
impossible à combattre
(*je suis né troué*)

si on t'a fait disparaître toi
Harissa
mon tour viendra

*
* *

je me demande si tu réagis à ces mots
que doucement je prononce
(ces mots qui restaient là bras croisés
à t'attendre)
si en toi ils libèrent des images
des parfums
tajine pastilla méchoui
ou soupe harira
vaisselier mazagran soupière
édredon
rose des vents
sinapismes à la moutarde
guitoune
ou cabane
je mélange le Maroc à la maison
la médina aux Chartrons
le lointain des origines

au banal de nos vies
sel et vermicelle
piments forts
et harissa

si je te parle d'une pastilla au pigeon
à base d'oignons
même si tu n'en as jamais vu
jamais goûté

si je te parle du caramel de maman
sucre jeté au fond
d'une casserole en fer-blanc
versé roussi en jus bouillant
sur un flan vanillé tiède et laiteux
et craquant sous la dent

as-tu l'eau à la bouche
la sensation de rentrer chez toi
à la lueur d'une chandelle
sens-tu au creux de ton ventre
une fringale d'outre-monde

à moins qu'une simple odeur de lessive
ne te ramène au tout début de notre histoire
quand un *nous* était possible encore
quand la vie sentait le propre
et l'avenir qui danse
et la salive en bouche d'avant les grands festins

(chez les Signorelli le cumin
se dit *kamoun*
la menthe *naanaa*
la ratatouille *chakchouka*)

⁂

as-tu parfois
la sensation poisseuse
de n'être pas belle
de venir du caniveau
d'être née dans une poubelle

as-tu l'impression
de n'être pas une bonne personne
pas la bonne personne
de n'être tout simplement
personne

es-tu si peu toi-même
que sans cesse tu essaies
d'être une autre

as-tu le sentiment que rien
ne t'appartient

si demain quelqu'un te révélait
où tu as vu le jour

et quand
et comment
te sentirais-tu libérée
à ta place enfin
acceptée dans la société des hommes
ou voudrais-tu sur-le-champ te jeter
sous le premier train venu

ton ignorance est-elle ton assurance-vie
savoir pourrait-il te détruire

soixante ans après ce mystère
je voudrais sans te blesser le faire parler
supporteras-tu le récit de ton rejet

les visions de l'ange me hantent
je le laisse se déboîter la tête
faire ripaille de ferraille

moi qui toujours me suis senti insuffisant
trop court des pattes avant
moi qui toujours renâcle devant l'obstacle
à présent je te vole
je te prends

je me suis décidé
à l'instinct
à l'instant
un élan soudain me soulève
un tourbillon de pensées

d'audace insensée
une force impérieuse me crie

fonce

j'entends *fonce*
fonce
fonce
fonce
fonce
fonce
fonce
fonce
fonce

* * *

l'institution religieuse
place des Martyrs-de-la-Résistance
s'appelait jadis la *Maison Saint-Daniel*
connue aussi sous le nom
des *Dames de Saint-Daniel*
je suis retourné à cet endroit exactement
l'air vibrait des jours anciens
une dame aux cheveux blancs
arrosait les plantes de son balcon
dans sa mémoire engourdie
mes mots ont parcouru un long chemin de fantômes

et d'ombres
elles ne sont plus ici
a fini par dire la vieille femme
essayez à Antony

Antony Hauts-de-Seine
région parisienne
je connais cette station
de là on peut rejoindre Orly
par un petit train sans visage
semblable à nos vies

j'ai tourné dans ma tête
ce nom familier

Antony

maman fredonnait jadis
une chanson de Richard Anthony
J'entends siffler le train
son regard brillait
(ce regard
qui avait vu mon père
qui avait vu ton père)
ses lèvres tremblaient un peu
j'ai pensé qu'il valait mieux se quitter sans un adieu
l'émotion voilait ses yeux
je lui demandais *pourquoi tu pleures*
elle protestait *mais je ne pleure pas*
et pleurait de plus belle

alors je pleurais avec elle
pour être deux contre le chagrin

dans l'anonymat d'Antony
avec ce premier nom auquel m'accrocher
et ce train qui s'est mis à siffler
(*que c'est loin où tu t'en vas*)
je me suis senti près de toi Harissa
plus près que jamais

il me semble que tu respires

*
* *

au téléphone la réceptionniste m'a interrompu
pour une recherche de naissance envoyez-nous un e-mail

ma demande était laconique

Le 10 janvier 1963 ma mère mineure (elle allait avoir vingt ans) a mis au monde une petite fille dans votre établissement alors situé au 49 place des Martyrs-de-la-Résistance à Bordeaux. Cette petite fille lui fut aussitôt retirée après une procédure d'abandon expéditive.
Je vous saurais gré de m'éclairer sur les traces d'elle qui pourraient subsister.

la réponse n'a pas tardé

Monsieur,

La Maison Saint-Daniel a été vendue en 1977. Nous n'avons récupéré que quelques dossiers des années 1898 à 1950. Les autres documents ont disparu. Je vous informe aussi que tous les enfants nés à Saint-Daniel-Bordeaux ont été baptisés dans les jours qui suivaient leur naissance à l'église Saint-Seurin.

signé la présidente de Saint-Daniel
un nom composé de deux prénoms
Fanny Simon
et un numéro de téléphone portable
plus que maman n'en avait jamais appris sur toi
depuis le 10 janvier 1963

toi la fille d'une fille perdue et d'un étranger
inconnu
on t'avait donc baptisée
mon instinct ne m'avait pas trompé
quand j'avais poussé la porte de Saint-Seurin

ici ont pu retentir tes premiers cris
avec l'eau froide du baptême
versée trois fois sur ton front
à moins que ta mère de substitution
ait sans attendre préféré t'emporter
ne laissant qu'un vœu bref
dans la boîte aux intentions de prière

le baptême nous ressuscite
après avoir manqué nous noyer
je me demande Harissa
dans quelles eaux tu flottes encore
as-tu trop tôt rencontré ta fin
je redoute ce que je vais apprendre
je redoute plus encore de ne rien apprendre

(ai-je le droit de te ramener
aux origines du pire
et si je te parle un jour
voudras-tu m'écouter)

⁂

j'accepterais Harissa
de te donner deux calots gris terre
trois agates
mes Glup's de la station Esso
que le pompiste offre à maman
pour chaque plein d'ordinaire
je te céderais aussi
une de mes voitures Norev
un rêve à toi en échange d'un rêve à moi

⁂

j'ai téléphoné à Fanny Simon
elle attendait mon appel
sa voix est enjouée
même si de l'année 1963 elle ne possède aucun dossier
mais conserve par centaines
des courriers de gens nés ici
en quête de leurs origines
et aussi des lettres d'anciennes religieuses
qui évoquent peut-être notre mère
dans ce qu'elle appelle son armoire à secrets
remplie de petits carnets où figurent
les renseignements d'usage
le nom et l'âge de la jeune fille venue accoucher
la date et l'heure de l'abandon

c'est difficile des années plus tard
de dire à un ancien enfant
votre mère vous a abandonné
dix minutes après votre naissance
j'insiste toujours
surtout ne croyez pas qu'elle ne vous aimait pas
elle n'avait pas la capacité matérielle ou morale de vous élever
maintenant que la vie a passé il faut lui pardonner

comme elle me parlait
j'imaginais maman quelques jours avant ses vingt ans
déjà résignée
l'acte d'abandon
sous la pression maternelle
définitivement signé

Harissa écoute-moi
en t'abandonnant c'est maman
qui s'est abandonnée

abandon

aucun mot ne nous ressemble plus
maman était abandonnée
maman t'a abandonnée
sans le vouloir contre son gré
être et avoir

chaque nouveau-né
dit Fanny Simon
passait devant l'objectif d'un photographe
mais au dos de ces photos hélas
ne figuraient ni dates ni noms

je me suis pris à rêver
d'une image de toi une seule
où je t'aurais flairée sentie reconnue
trop tard répète Fanny Simon
de cette période aucun dossier n'existe plus
dans son armoire à secrets
qu'elle m'encourage pourtant
à venir explorer

je pourrais aussi contacter
dit-elle
le Centre national des origines personnelles
une sorte d'appellation d'origine contrôlée

pour les humains
la prescription de soixante-dix ans approchant
une commission d'experts décidera un jour
s'il est de l'intérêt de l'enfant
(qui n'est plus une enfant)
d'être informée que son père et sa mère
n'étaient pas ceux qu'elle croyait
ni son nom ni rien du tout

venez me voir
mes petits carnets ont déjà livré
de belles histoires
a insisté Fanny Simon

j'allais raccrocher
quand elle m'a prié d'attendre
elle voulait me raconter une de ces bonnes fortunes
endormies dans ses papiers

grâce à ses carnets une jeune femme
avait retrouvé la trace de son frère
au téléphone quand elle l'avait joint
l'homme s'était pourtant montré réticent
jamais
il n'avait entendu parler d'elle
par ses parents morts depuis longtemps
cette femme avait tant insisté
qu'il avait fini par accepter une rencontre
au hasard il avait choisi
un café de Saint-Lazare

à l'heure dite elle s'était assise face à lui
elle ne lui ressemblait pas
mais soudain il l'avait serrée de toutes ses forces
à peine s'était-elle approchée
qu'il avait senti
reconnaissable entre toutes
l'odeur de sa mère

j'ai raccroché
je me suis demandé
si tu sentais comme maman

⁂

je me suis perdu à Antony un après-midi d'automne
Fanny Simon m'attendait
dans une pièce claire au fond d'un parc
le soleil oblique caressait les feuilles en sursis
et les joues d'un baigneur en Celluloïd
allongé dans un antique berceau
ici on vient avec son cœur
a soufflé Fanny Simon
le mien me faisait mal
j'appréhendais l'instant
où elle me redirait *désolée*
je n'ai rien trouvé

j'ai consulté les registres sauvés de Bordeaux
serrés dans son armoire à secrets

semblable au confiturier de maman à La Rochelle
avec ses tiroirs encombrés de spatules
et d'écumoires
aide-mémoire percés de trous

l'armoire de Fanny Simon exhalait
d'autres relents du passé
elle en extirpa de malheureux registres
emplis
de malheureux renseignements

l'encre à demi évanouie
révélait des vérités qui auraient voulu s'esquiver
pour dire qu'un enfant était né
pas un divin enfant
non
un enfant abandonné
par une mère perdue

des destins se dévoilaient
lapidaires

accouchée prématurément
bébé mort-né
la mention *a reçu l'eau*
signalait que même sans vie
le baptême avait eu lieu
au nourrisson d'une accouchée
les sœurs donnaient trois prénoms
le troisième

souvent Daniel
deviendrait son nom de famille sans famille

les descriptions se succédaient
laconiques

fillette confiée à l'œuvre des Pastourelles
petit garçon mis en nourrice à Langon
si besoin de contacter la mère
écrire à Yves M peintre à Saint-Symphorien

L'histoire ne finissait pas toujours ainsi
dans les années soixante une femme
mit au monde dix-sept enfants
tous abandonnés
tous sans exception
dispersés dans les institutions religieuses de Gironde
confiés à la charité du Christ
avec pour chacun un nom différent

les yeux de Fanny Simon s'agrandissent
son visage irradie
aujourd'hui ils se sont tous retrouvés
tous
sur la photo qu'ils font chaque année
pas un seul ne manque

ces anciens enfants me parlent de toi
sans que j'en puisse tirer le moindre indice
il faudrait retourner à Saint-Seurin
consulter les archives des baptêmes

ouvrir les registres des naissances
de la ville de Bordeaux
du département
recouper les dates
les prénoms
aurai-je le courage d'affronter cette poussière

maman voulait t'appeler Marie
ta mère d'adoption t'aurait semble-t-il
appelée Élisabeth
existe-t-il dans une de ces archives
une petite Marie-Élisabeth
avec Daniel ou Danielle
en guise de nom
qui serait née le 10 janvier 1963
place des Martyrs-de-la-Résistance
maman aurait-elle sans le savoir eu gain de cause
si faute d'imagination
dans la précipitation
on t'avait nommée Marie
avant Élisabeth
avant Danielle

que de peut-être
pour un si petit être
(je m'en tiens à Harissa)

a-t-elle lu sur mon visage la déception
j'allais partir
quand Fanny Simon a murmuré

ces deux prénoms
Marie Élisabeth

elle hésite
elle n'est pas sûre mais
longtemps elle a gardé deux lettres
d'une jeune femme
sur le point d'être mère
la première de 1992 l'autre de 1997
elles ont depuis été perdues
mais leur ton suppliant l'a marquée

avant de mettre au monde un enfant
la jeune femme plus que tout
voulait connaître ses origines
dire à ce petit d'où il venait
et se le dire à elle

Fanny Simon feuillette un carnet mité
offert autrefois
par une marque de lait maternisé
sur une page restée vierge
d'une écriture d'institutrice
elle a inscrit le nom de l'inconnue
mon regard se brouille
elle s'appelle Marie-Élisabeth K
née le 9 janvier 1963
place des Martyrs-de-la-Résistance

Je ne peux détacher mes yeux
Marie-Élisabeth K

Fanny Simon n'a pas noté d'adresse
elle dit qu'elle habitait une petite ville du Tarn-et-Garonne
au nom curieux
je la trouverai facilement
elle s'en souvient à cause de ce nom

Nègrepelisse

dans ma tête ces mots crépitent
la chance peut-être
je me répète Marie-Élisabeth
métisse
de Nègrepelisse

le sang fouette mes tempes
la musique sourde du sang
quand il s'affole

*
* *

de retour chez moi
je me suis inscrit sur Copains d'avant
sur LinkedIn
Facebook
generation.org
MyHeritage
Google m'a même emmené

vers une Élisabeth-Marie d'Autriche
archiduchesse rouge

de courtes phrases se sont affichées à l'écran
Marie-Élisabeth K
mariée à Kamal
mère de V de A de S
fille de Philippe et Solange Salvet de Rochemonteix
mariée
trois enfants

est apparue de qualité médiocre
la photo d'une femme rousse
d'un certain âge
mais l'air jeune pourtant
nez droit
taches de soleil sur les joues
un peu du teint laiteux de maman
sur un site cette phrase
a travaillé au centre hospitalier de Montauban
infirmière depuis 1987
infirmière

comme maman

***

Fanny Simon m'a raconté l'histoire
d'une Américaine qui jadis

chargea une généalogiste
de retrouver son grand-père français
dont elle ignorait le nom et l'origine
de lui elle possédait seulement
une photo
de mauvaise qualité
avant que sa trace
ne se perde en Allemagne

cette femme rêvait de chapeaux
il en pleuvait la nuit dans sa tête
et le jour fébrilement
elle les fabriquait
de ses dix doigts elle ne savait faire
que des chapeaux
après de longues recherches
la généalogiste finit par retrouver ce grand-père
qui avant la guerre
dans une rue du Sentier

était chapelier

je poursuis ma quête
je cherche Marie-Élisabeth
son nom est associé au lycée Fénelon
j'y ai étudié moi aussi
mais pas dans la même ville
Quimper pour elle
La Rochelle pour moi
quelques détails éveillent ma méfiance
d'abord cette date de naissance

qui ne correspond pas tout à fait
est-ce le signe que je dois renoncer

que ce n'est pas toi

⁂

disparu le prénom de Marie
Marie-Élisabeth apparaît partout
comme Élisabeth
elle est née le 9 janvier 1963
toi le 10
est-ce une erreur
une heure de naissance approximative
entre le 9 et le 10
une négligence administrative
et si je me trompais sur la personne

impossible de demander à maman
sans déclencher
cette saleté d'espérance

née un 9 janvier au 49
de la place des Martyrs-de-la-Résistance
d'une mère née un 19 janvier
ce serait plus net
un alignement des planètes
une preuve par 9
cela sonnerait mieux

cela sonnerait-il vrai

le nom de Marie-Élisabeth K
reparaît en entier sur Internet
dans un jeu de mah-jong électronique
dans un concours de chiens de race
chiens bergers belges de Tervueren
prop. Marie-Élisabeth K
et ici
praticiens dont le nom commence par *k*
Marie-Élisabeth K
infirmière
le nom qu'elle porte
serait d'origine perse
avec une forte présence en Algérie
j'interroge à nouveau l'unique photo proposée
femme aux traits doux visage rond
regard et sourcils noirs
cheveux roux
teints comme ceux de maman
quand elle se donnait un faux air
de Marlène Jobert

je reviens sur le nom de sa mère officielle
Salvet de Rochemonteix
des aristocrates
comme la famille de mamie
(les de la Goudalie d'Husson de Saint-Souplet)
mon imagination galope
maman issue d'une branche noble déclassée

sans le savoir aurait abandonné son enfant
à une grenouille de bénitier
une autre *madame de*
née en 1924 décédée en 1999
mère de trois enfants elle aussi
Marie-Élisabeth dans un arbre généalogique
apparaît comme la troisième
les deux précédents ont-ils aussi été adoptés
si cette femme a pris Marie-Élisabeth
elle avait trente-neuf ans
deux fois l'âge de maman

Les yeux me brûlent
j'ai envie que ce soit toi
oscillations de funambule

je bute toujours au même endroit
pourquoi ce 9 janvier alors que maman
soutient que tu es du 10
je retrouve des photos de classe sur Copains d'avant
j'étudie les années les visages
aucun n'est typé
aucun ne me parle
pas de peau mate pas de traits marocains
de cheveux noirs
je fais fausse route il faut abandonner
à moins que ce numéro de téléphone
qui s'affiche
en inscrivant ce nom dans les Pages blanches
Marie-Élisabeth K
ne m'amène à toi

*
* *

une voix de femme
le message enregistré
d'un répondeur à l'ancienne
sur une ligne fixe
antédiluvienne
bonjour
vous êtes chez la famille K
nous sommes
une légère hésitation puis

absents

nous sommes absents
je rappelle pour entendre le bonjour
l'intonation familière
cette voix
c'est la voix de ma mère
ou alors je me fais des idées
je veux tant que ce soit toi
j'appelle une fois
dix fois
matin et soir
à midi
le week-end
la nuit

j'ose même la nuit
toujours le répondeur

j'appelle maman
j'écoute sa manière de dire bonjour
je compare
je rappelle chez Élisabeth
(ce que je crois être chez elle)
dans l'appareil les deux bonjours
se superposent
j'en perds le sommeil
la voix inconnue ne l'est pas tant
c'est une voix qui attend
qui espère
j'entends une façon gaie de dire
bonjour
puis
une difficulté à parler
un léger trouble pour prononcer
nous sommes absents

Marie-Élisabeth K
va-t-elle enfin décrocher
les dernières minutes sont les plus longues
je compte les sonneries
trois quatre cinq six
répondeur
dois-je prendre un train
pour Nègrepelisse
je compose de nouveau le numéro
et de nouveau

les sonneries dans le vide
la voix enregistrée

bonjour

⁂

ce serait un conte pour enfants
par une nuit froide et sans lune
un marchand de bois t'aurait enlevée
pour te donner à sa femme
il t'aurait emmenée dans sa maison
au milieu de la forêt
près du four où il fabrique
du charbon de bois
il porterait sur le dos une pelisse noire
de la même couleur que son charbon
qu'il vend aux abords de Montauban
à Nègrepelisse

⁂

sur Copains d'avant
une page inédite
Marie-Élisabeth K
aime lire des romans policiers
écouter de la variété

et du reggae
elle possède un monospace
des chiens des chats et des chevaux
à la rubrique voyages
un planisphère
en rouge «j'y suis allée»
en vert «je rêve d'y aller»
aucun pays n'est coloré
elle ne serait jamais partie
n'aurait jamais rêvé d'ailleurs
j'entoure sur un cahier le *K* du prénom de son mari
j'hésite entre Kafka
et *Le K* de Buzzati

l'indifférence du téléphone
bonjour

je finis par croire
qu'elle refuse de répondre
j'entends sa voix me dire
je sais qui vous êtes
mais je ne veux pas vous parler
à moins que ce numéro soit
une ligne désaffectée
comme ces anciennes voies de chemin de fer
le long de l'Atlantique
rendues aux berges et aux fougères

mon appel retentit lancinant
vertigineux
chaque sonnerie tombe dans le vide

as-tu succombé Harissa
à la tentation de la disparition
dois-je à présent dois-je maintenant
main tenant
toi dont je tiens si peu la main
t'appeler Marie-Élisabeth

ce matin Google
m'envoie sur une autre piste
proposée par Trombi.com
à partir de six ans
Marie-Élisabeth K
aurait étudié en primaire
à l'école Aliénor-d'Aquitaine
dans les Yvelines
avant d'intégrer l'institution Jean-Paul II
à Rouen
puis Sainte-Anne à Rennes
puis un lycée des métiers où elle aurait suivi
une formation de services à la personne

une photo apparaît
ce n'est pas le visage vu sur Facebook
une jeune femme très souriante
typée du Sud
yeux noirs
cils frangés
large sourire
(les mots de ma mère
elle doit être belle)

elle est belle
mais est-ce elle
je veux dire

est-ce toi

suivent des noms de ses amis
connus dans les établissements
qu'elle a fréquentés
dois-je rechercher tous ces anciens jeunes gens
découragement

un sourire quand je lis
sur une page de Trombi.com
quels souvenirs gardez-vous de Marie-Élisabeth K
drôle
charmante
sérieuse
artiste
spontanée
mignonne
cool
j'ajoute avec un point d'interrogation
réelle

⁂

Montauban
au standard du centre hospitalier

un homme me rembarre
on ne donne pas le nom des infirmières
j'essaie les ressources humaines
une femme décroche
la DRH j'écoute
elle écoute
me dit qu'elle ne peut me répondre
question
êtes-vous de la famille
réponse
oui
enfin peut-être
la voix se réchauffe
redites-moi le nom
un temps s'écoule
très long
je n'ai personne de ce nom
je répète en épelant
beaucoup de consonnes
elle a pu mal entendre
j'appelle d'une gare de banlieue
des trains filent à toute allure sans s'arrêter
parfois des gens sont emportés par le souffle de la vitesse
arrachés du quai
d'autres volontairement
se laissent tomber
j'enfonce mes doigts dans mes oreilles
puis je répète le nom
elle n'avait pas entendu le *h*
le *h* après le *k*
elle continue de chercher

un silence à nouveau
qui dure
qui vibre
elle a trouvé

(est-ce toi qu'elle a trouvée)

ma gorge se noue mon cœur cavale
veut-elle bien lui donner
mon numéro de téléphone
j'épelle une fois encore le nom de cette infirmière
m'assure qu'elle a bien noté
je lui demande de répéter mon numéro
elle me promet de la contacter
sans préciser la raison de mon appel s'il vous plaît
lui dire que c'est personnel
et urgent
une urgence en souffrance
depuis soixante ans
la vie est patiente
et l'attente violente

mon téléphone
reste silencieux

⁂

il a sonné quelques heures plus tard
une voix surprise

un peu lasse
d'avoir traversé les nuages
vous voulez me parler
il paraît

je marche dans les rues encombrées
j'aurais préféré le calme
des autos klaxonnent
des deux-roues slaloment
au milieu du trafic
des flaques de cristal se déchirent
l'eau enfle dans les caniveaux il pleut
par intermittence
on est entre chien et loup
l'heure des chiens
bientôt celle des loups

il pleut ces perles de pluie
dont maman pour s'apaiser
faisait des colliers
je serre mon téléphone
lien fragile à protéger
une ancienne petite fille au creux de ma main
suspendue à ma voix
dans les plis du destin

je ne sais pas quoi dire
je ne sais pas comment le dire
d'abord je ne dis rien
je dis seulement que je suis soulagé
de lui parler enfin

mais je ne lui parle pas
elle ne doit pas comprendre
elle ne comprend pas
elle me demande qui je suis

et elle
qui est-elle
qui est-elle vraiment
et si depuis le début
je m'étais fourvoyé

il faut que je me lance
je reconnais la voix du répondeur
la voix qui ressemble à celle de maman
une voix avec des taches de soleil dedans
et des ombres en écho
des ombres qui s'allongent

mes mots se bousculent
sortent en désordre
chauds de fièvre et d'impatience

je lui raconte
la place des Martyrs-de-la-Résistance
la Maison Saint-Daniel
mes messages sans réponse
premiers sanglots dans sa gorge
rire minuscule parmi les larmes qui débordent
mon téléphone est en crue
depuis dix ans elle n'a plus de ligne fixe
mais sa voix enregistrée

imperturbable
continue de répéter
vous êtes chez la famille K

qui pourrait l'entendre
sinon un homme perdu
à la recherche d'une inconnue

mes mots recouvrent ses pleurs étouffés
gémissements d'animal blessé pris
dans les barbelés du temps

je ne suis pas encore sûr de notre lien
il faudra vérifier ce tremblement des heures
un jour d'écart dans un registre
presque rien
sûrement n'y a-t-il pas eu
tant d'enfants abandonnés
à Bordeaux
en janvier 1963
portant ces deux prénoms
Marie Élisabeth

reste ce doute
peut-être est-elle née
à la frontière du 9
et du 10 janvier
à l'heure des loups

elle n'arrive plus à parler
elle pleure

elle vient d'apprendre qu'elle existe

⁂

je fuis le bruit du trafic
mon téléphone collé à l'oreille
isolé dans un square sous des arbres
plus vieux que le monde
je recueille qui coule par à-coups
hoquetant
trébuchant d'émotions
le ruisseau de sa voix

elle se ressaisit
me confie le peu qu'elle sait
bribes éparses
identité à la dérive
un demi-siècle de quête stérile
de malheureuse errance dans le brouillard des jours

tout a commencé
l'année de ses sept ans
un jour de fête familiale
dans une maison coquette
une tante éloignée la désigne du doigt
est-ce la petite qu'ils ont adoptée

ils ses parents
Philippe et Solange
elle cette fillette
qui ne demandait rien à personne
ils ont déjà adopté un garçon
son frère aîné
puis ont perdu un enfant

elle
ils l'ont recueillie plus tard
une enfant d'occasion
une consolation

on l'a envoyée jouer dans une pièce à côté
(maintenant c'est elle qui est éloignée)
la question dévaste la gaieté
tout est resté à sa place
les bougies les guirlandes
l'éclat des carafes
les pâtisseries sur les buffets
les jus de fruits
mais c'en est fini de la légèreté
de l'insouciance
une volée de mots une gifle
pour la vie

la petite qu'ils ont adoptée

(ces arbres au-dessus de moi
s'agit-il de tilleuls
de marronniers

d'érables du Japon
de hêtres pourpres
comment nommer les siens
quand on ne sait rien
du nom des arbres)

elle a appris son adoption
par inadvertance
elle répète ce mot
inadvertance
ses parents se sont tus et quand elle a su
elle ne les a pas questionnés

un jour pourtant
sa mère l'a prise contre elle avec son frère
je dois vous dire…
avant même que le mot
franchisse ses lèvres
adoptés
Marie-Élisabeth a crié
non ce n'est pas vrai !
s'est mise à pleurer
pleurer est sa seule arme
quand elle ne sait plus lutter elle pleure
ses parents sont morts
l'un après l'autre
ils ont emporté leur secret
son secret

et ses regrets

⁂

sa voix hésitante
votre mère est toujours
est encore
la phrase reste en suspens
puis survole les jours les saisons
les années
interminable attente d'une seconde à peine
éternité du soir
au milieu d'un square
sous les arbres qui s'égouttent

elle n'ose pas poursuivre
redoute la réponse
le malheur de la réponse
impossible de faire demi-tour
je ne laisse aucune place au suspense
qui détruirait l'espoir
contenu dans ses mots
votre mère est toujours
est encore
je dis oui

oui
elle est en vie

une plainte monte
irrésistible

un soulagement
crue de larmes trop longtemps retenues
libérées par ces trois voyelles

oui

sa pensée traverse des prairies
des brouillards
cinquante ans que j'attends cet appel

elle me décrit son visage
ses taches de rousseur
sa peau claire
un petit rire enfantin jaillit
au milieu des reniflements
elle ne veut pas se moucher
elle veut renifler

je crois entendre ma mère

viennent les confidences
premiers pas vers la confiance
un test ADN offert par ses enfants
a révélé dans ses veines
une forte présence
de sang marocain
de sang anglais
elle ne comprend rien
renifle encore

le tourment qui lui pèse
lentement s'apaise
de quel désarroi faut-il mourir
pour qu'à Noël des enfants
croyant la libérer de ses chaînes
offrent à leur mère
un test ADN

j'essaie de la guider
si elle est qui je crois qui j'espère
son père venait du Maroc
et une branche maternelle
s'appelait Rees-Lewis
son sang soudain
prend tout son sens

elle se souvient avoir lu
sur son acte de naissance
que sa mère était mineure
la mère de sa mère
(écriture illisible)
signa pour elle
(signa contre elle)
l'acte d'abandon

le petit rire se disloque
sa voix à nouveau se brise
sous ce chagrin à double tour venu
du sombre de l'enfance
des non-dits
de la chienne de vie

qui donne à l'aveugle
ses coups de griffe

⁂

au fond de mon téléphone vacille
presque inaudible
son filet de voix
sous le chapiteau des grands arbres
je le protège du vent
comme la flamme d'une allumette
le plus dur c'est l'abandon
avoir été abandonnée sans savoir pourquoi
Marie-Élisabeth ouvre son cœur blessé

d'avoir dit *abandon*
sa voix encore se défait
s'éparpille
tombe sur le trottoir et se brise
ressac des mots
goût de corde et de cendres
odeurs de brûlé dans l'air
mise à sac de l'enfance
murmuration d'oiseaux

si elle est ma sœur
sa mère ne l'a pas abandonnée
elle a au contraire manqué succomber
de l'avoir perdue

depuis sa naissance
ma mère pense à elle
lui parle
espère que sa vie est belle
espère sans espérer
qu'un jour viendra où enfin

maman ne finit jamais cette phrase

Marie-Élisabeth a cessé de pleurer
elle a eu la chance
de tomber sur une famille aimante
son enfance fut heureuse
jusqu'au vertige de ses sept ans
avec ce mot
dégringolé par inadvertance
au milieu des lustres
des assiettes en faïence
adoptée
il lui manque une histoire
son histoire
pas une famille

depuis toutes ces années dans l'obscurité
elle se cogne
à des bureaux borgnes
aux réponses officielles
qui la laissent au désespoir

sur mon téléphone
elle m'envoie cette lettre
du 30 décembre 2005

(combien de larmes versées
sur l'original de papier
petite sœur en pleurs)

Madame

L'examen attentif de toutes les pièces de votre dossier ne m'a pas permis d'identifier ou de localiser votre mère de naissance. Les archives de l'œuvre Saint-Daniel qui gérait l'institution où vous êtes née, aujourd'hui disparue, ne conservent pas l'année 1963, et personne ne sait ce que sont devenus ces documents.
D'autre part, l'examen de votre acte de naissance intégral ne comporte aucune mention de filiation. L'établissement où vous avez été placée après votre naissance a été fermé par les autorités départementales. Il fonctionnait selon des pratiques contraires à la loi. Aujourd'hui tous les employés y intervenant à l'époque sont décédés, et nul n'a connaissance d'archives, si elles ont existé.
Dans ces conditions, je ne peux rechercher une génitrice sur laquelle je n'ai aucun élément, pour lui demander si elle accepte de lever le secret de son identité.
Votre recherche paraît bien compromise et je le regrette.
Je vous prie de croire…

croire

dans la rue des enfants
à grands cris
s'égaillent sous la pluie

ta voix :

vous avez bien fait de me chercher

(les arbres du square ont-ils un père
une mère)

*
* *

la nuit tombe
les passants passent
nos vies se défroissent
Harissa devient Marie-Élisabeth

nous parlons
nous nous reconnaissons
un doute subsiste
insidieux poison qui interdit la joie entière
la joie qui libère

prenons notre temps
elle est infirmière comme maman
infirmière *de nuit*
sous mes yeux le blanc d'une blouse
l'éblouissement d'un néon

je répète
de nuit

longtemps très longtemps
à l'hôpital
dans des cliniques de campagne
des dispensaires
maman
ta mère (je crois j'espère)
fut infirmière
de nuit

j'entends maman dire ses angoisses
sa solitude parmi quarante lits d'opérés du matin
de délirants
de petits vieux abandonnés
quarante lits de souffrance
maman penchée sur les piluliers
volant d'une chambre à l'autre
occupée à rassurer
à réconforter
à relever un oreiller à prodiguer une toilette
à calmer une plainte une douleur
à placer une sonde à prendre une main
pour éloigner la peur qui rôde
la mort en maraude
quand la nuit s'éternise
que la vie s'amenuise
dans ces heures
plus longues que les heures
où le jour toujours

peine à percer
moments muets de désespoir
à ne pas voir derrière les rideaux clairs
s'immiscer la vie

se serait-elle sentie moins seule
maman
fermant les yeux des trépassés
pliant
les draps froids du dernier départ
si elle avait su qu'ailleurs
sa fille peut-être
accomplissait
dans son ombre portée
les mêmes gestes qu'elle
les mêmes exactement

⁂

la pluie redouble maintenant
un auvent du square abrite nos échanges
sur sa page MyHeritage
Marie-Élisabeth retrouve son test
elle me lit les noms des gens
reliés à elle par les gènes
des patronymes arabes
inconnus de moi
puis un nom français

Michel D
octogénaire

je lui fais répéter ce nom
le temps s'arrête
Michel D
le cousin le plus proche de ma mère
plus proche encore
qu'aucun de ses frères
maman le chérit depuis l'enfance
un homme doux et solitaire
le fils de la tante jadis enfermée
chez les fous de Picon
que je visitais enfant à reculons
avec ma grand-mère
je balbutie
Michel D
on approche
on brûle
c'est elle

c'est toi

le doute s'estompe encore
sur mon écran s'inscrit la photo d'une fillette
surgie d'un monde en noir et blanc
l'année de ses sept ans
front dégagé
regard tendre

un air de petite sœur

⁂

nous avons le même visage arrondi
le même sourire hésitant
des enfants qui se demandent
si on ne va pas bientôt
les prier de déguerpir

sur cette image j'ignore
si elle sait déjà l'abandon
si elle se doute qu'un détail ne va pas
que ses parents
ne sont pas ses parents

elle est jolie
sourire dents de lait
cheveux tirés en arrière
col dentelé
l'air réfléchi
une malice au fond de l'œil

la petite adoptée

après sont venus les kilos qui ankylosent
le corps de l'enfant
s'est fait forteresse
balise de détresse
devant ce vide à remplir

et pour ne pas mourir
Marie-Élisabeth n'a plus rien rendu

la nourriture
rassurance des mal-aimés
manger sans faim
manger sans fin

adoptée
abandonnée
la fillette
n'a pas digéré ces mots
ni l'adolescente
ni la femme prisonnière
de son corps bunker

ils lui pesaient si lourd sur l'estomac
le mensonge
le silence
la tare du secret

tous les ans le 9 janvier
Marie-Élisabeth a attendu une lettre
qui ne venait pas
signée *maman*
à cette inconnue jusqu'à la nausée
elle demandait *pourquoi*
m'as-tu abandonnée
penses-tu à moi
quelquefois

plus tard enfin le test ADN
lui a rendu origine humaine
elle venait bien de quelque part
elle n'était pas la fille de personne
elle avait bien comme tout un chacun
des racines
du jour au lendemain ces données mystérieuses
l'ont apaisée
elle a renoncé
à ses réserves de chocolat
de biscuits de sucreries
pour affronter la vie
et ses longues nuits d'hôpital
son corps lui a obéi
elle a retrouvé ses contours
et pour elle un peu d'amour

parfois elle tombe encore
ce n'est pas le dos qui lâche
pas le genou
pas les tendons les ligaments
c'est la confiance meurtrie

(maladie
de n'avoir pas été choisie)

⁂

cette lettre que tu attends de maman
t'est-il arrivé par désespoir
de te l'écrire

une petite phrase
sautille dans ma tête
une puce de mer
je te ramène à la maison

*
* *

qui suis-je à cet instant

un homme seul sous la pluie
sous des arbres candélabres
qui naïvement tente de dessiner
une famille
d'infléchir la courbe du temps
un homme qui voudrait
rapiécer l'horizon

c'est un soir avec un peu d'espoir
je me demande si tu
je me demande si je
et je m'arrête là

un grand voile une grande voile
sous mes yeux s'affalent
le jour titube

des corbeaux croassent le vent passe
il me semble qu'au-dessus de moi le ciel
se décolle
des lambeaux pareils
à un faux plafond de lambris
lés bleus de vieux papier peint
leurre qui chasse les peurs
je me sens vulnérable
je me sens moi pour la première fois
j'ai dormi tant de soleils
de tant de mauvais sommeils
il est temps que je me réveille

à cet instant je suis un homme
qui attend

⁂

on s'est promis de se reparler
ma main tremblait en raccrochant
les bruits de la ville m'ont happé
la nuit tergiversait
dans le décor devenu étrange
des rues de mon quartier
les nuages moulinaient
une très fine bruine
les feuilles mouillées des grands arbres
brillaient
sous les rais éblouissants

de la lumière rasante
la nuit démesurément étirait
ses longues jambes

que me disait cette averse
ce temps à la renverse
avais-je bien entendu
avais-je bien répondu
une prudence me retenait encore
était-elle
(étais-tu)
le petit fantôme
que je cherchais

(ne jamais dire jamais)

⁂

j'ai glissé mon téléphone dans ma poche
regardé le ciel taché d'encre
ses airs de reproche

la tête me tourne un peu
vertige ou nausée
je suis essoufflé comme
si j'avais couru
une averse peut-elle donner
le mal de mer

je pense à maman
je m'entends balbutiant ces folles paroles
qu'elle a cessé d'espérer
maman écoute-moi
ta petite fille
je vais te la rendre

à imaginer leur étreinte
corps collés
lacis des bras enlacés
serrés à s'étouffer
deux femmes deux étrangères
soudain deux flammes d'un même feu
je laisse échapper
une plainte inaudible
dans le fracas de la ville
la gorge en étau
la joie est une douleur
la joie parfois
hisse du deuil la sombre couleur

ai-je déclenché un cataclysme
ouvert le chemin crépusculaire
qui ramène une fille à sa mère
et une mère
au plus noir de son désespoir

je le sais
on ne récupère pas un enfant
devenu adulte
comme à la consigne

un bagage oublié
il faut se vouloir s'apprivoiser se reconnaître
il faut s'être cherché inquiété désolé
il faut sentir cogner l'envie
de se voir
de s'avoir
être sûr
de ce qu'on peut donner
et recevoir
(mais le sait-on à l'avance)

⁂

il pleut dans un rayon de soleil
les gouttes mouchettent mon front et mes joues
déposent sur ma joie
les fausses larmes
d'un vrai chagrin

j'accueille cette joie neuve
qui m'inonde
mais au-dedans de moi
je suis vieux comme le monde

insistante et légère la pluie
vit sa vie de pluie
douce obstination
sa musique
accordée aux bruits de la circulation

au flux précipité de mon sang
scande le souvenir de cet instant
où Marie-Élisabeth et moi
dans un mélange de maladresse
et de curiosité inquiète
avons commencé de marcher
l'un vers l'autre
restera cette pluie de lumière
acte de naissance

de reconnaissance

je marche à travers les rues de la ville
j'emprunte les trottoirs détrempés
par-dessus ma tête battent
les cils du ciel
j'écarte irréels et bruissants les feuillages de la nuit
je n'attends pas que les feux
soient rouges
je ne suis pas sûr
de savoir où je suis ni
si je vais retrouver le chemin
pour rentrer chez moi

des silhouettes naissent devant mes yeux
dans les reflets des vitrines
des visages de femmes inconnues
surgies de la chaussée qui brille
tu es là devant moi
la lumière du jour baisse encore
il faudrait que cette pluie

sur mes joues cesse
la pluie sur mon visage
(connaît-on plus petites mains
que les mains de la pluie)

je cherche des rêves de nous
des gestes de nous
des éclats de toi dans les miroirs des chambres
où tu n'as pas dormi
où j'ai cru te voir
pourtant

je me demande si chez toi tu as
une pièce au soleil
et dans ta tête
des vaisseaux des exils
des Brésils
et des Californies

je te devine dans la pavane d'un cygne
tache pâlie au milieu du soir
traversant un bassin désert

(*petite fille en pleurs
dans une ville en pluie*)

⁂

il est des tristesses indescriptibles
des peines imprescriptibles

nous sommes les enfants du péché
les enfants empêchés
il se pourrait bien pourtant
qu'on se soit retrouvés
Marie-Élisabeth ou Harissa
je crois au miracle des mots
plus qu'en Dieu
aux lignes de vie
plus qu'au signe de croix

cette mère qui n'a pas voulu de toi
je te conduirai à elle

sa vie entière
en sa forteresse intérieure
elle t'a gardée plus près que personne
à portée de murmure
là où elle seule encore
pouvait t'atteindre
entre les battements les plus lents de son cœur
là où dormait son mal
où elle aurait perçu même
la chute d'un pétale

⁂

dans ta vie d'aujourd'hui
pas de Maroc
mais un étranger d'Orient
à qui tu as donné trois enfants

le jour dit
maman apprendra
que trois jeunes mages
venus d'un autre soleil
sont ses petits-enfants
surgis du ciel

résonne encore en moi le mot
inadvertance
(la nouvelle de ton adoption)
inadvertance
un défaut d'attention
une étourderie
une chose sans importance
croire qu'une enfant de sept ans n'a pas d'yeux pas d'oreilles
inadvertance
(il est des mots
comme des balles perdues)

quand tu découvres ton abandon
ce soir irréel de 1970
le ciel te tombe sur la tête
le mien s'éclaircit
maman épouse ce pied-noir de Tunisie
qui nous donne son nom
et sa smala

front renversé de nos vies
en famille pour moi
sans famille pour toi
je gagne un père
tu perds confiance

(soustraction
écris le mot *famille*
enlève le *m*
reste *faille*)

⁂

je compte les jours depuis
qu'on vous a coupées en deux
maman et toi
toi et maman
dans la pénombre du 9 ou du 10 janvier 1963
cinquante-huit ans ont passé
un temps infini
depuis 21 170 jours
coupure sans points de suture
elle amputée de toi
toi amputée d'elle
êtes-vous encore en vie

je rapproche vos dates de naissance
9 janvier

19 janvier
cette année maman pour ton anniversaire
pourrait t'écrire une lettre
la première que tu recevrais d'elle
après ces milliers de jours sans autre signe
que le temps qui saigne
lenteur du facteur
courriers en souffrance
poste restante
latence des plis secrets
clos par nécessité
évanescence
partie sans laisser d'adresse
(toi ou maman ou les deux)

et si d'aventure ton anniversaire
tombait un dimanche
je glisserais dans ta boîte la missive tant espérée
ou mieux encore
je te la remettrais en main propre
(de la mienne ou de la tienne
laquelle
tremblerait le plus)

après l'excitation vient l'appréhension
tentation par instants de faire marche arrière
et si maman refusait de te voir
ne se sentait pas la force
une langueur du cœur
si une deuxième fois tu étais abandonnée
si pour elle comme pour toi

le choc
se révélait trop violent

vos vies passées l'une
sans l'autre
saurez-vous les réinventer
l'une
avec l'autre
ou bien l'irrémédiable
s'est-il déjà accompli

*
* *

c'est venu sans prévenir
le sentiment de vide
un nuage inquiétant au fond du ciel blanc
je voudrais parler à quelqu'un
parler des années sans toi
parler de toi
parler encore avec toi

je regarde ta photo à sept ans
et ton visage d'aujourd'hui
difficiles à relier
avec les pointillés du temps

d'une image l'autre
la marque accusée de ta détresse

d'une question en suspens
un doute sur ton droit d'exister
l'insécurité qui te ronge
le sel
sur la plaie ouverte de tes yeux
impossible à refermer
pas de baume
pas de paroles consolantes
toujours la gifle cuisante de l'affection retirée
sans explication

la cisaille du silence

je suis pris de picotements
de tics faciaux
de clignements qui déforment mon visage
me laissent le cou endolori
à m'en déclencher des crampes
des torticolis
des tiraillements jusqu'aux omoplates
cervicales bancales nuque raidie
tensions torsions
tendons en charpie

je fais grincer mes dents
remue mes mâchoires
marcher ne me calme pas
j'ai l'esprit en fusion
tout m'irrite
tout m'enflamme

seule la position allongée
le crâne sur un oreiller
soulage ces maux que je m'invente
mon corps prend la démesure
de ma famille qui s'élargit
un étirement forcé des os
une métamorphose de mon squelette
un accouchement par la tête
je ne saurais dire
ces larmes silencieuses
si elles trahissent le chagrin
la joie

ou les deux à la fois

⁂

cet automne est accordé
à mes sentiments
chaque jour il tombe des cordes
et chaque jour
il fait soleil
chaque jour en moi un enfant pleure
un enfant rit
les trottoirs dégorgent de feuilles rouges détrempées
tapis d'étoiles de mer
mains tendues
que nul n'a attrapées

⁂

de nouveau je scrute
ce petit visage qui n'existe plus
Marie-Élisabeth enfant
j'y cherche maman
je trouve son air sans la musique
mais à traquer les traits maternels
je ne vois pas ce qui saute à la figure
cette fillette
pommettes hautes
me ressemble

mon enfant ma sœur

dehors avec les premiers frimas
des marchands à la sauvette
tendent leurs cônes de papier journal
emplis de marrons chauds
j'ai neuf ans
je respire l'odeur rassurante
qui s'échappe en volutes de la plaque brûlante
il nous a manqué ça
Marie-Élisabeth
ces moments légers ces effluves partagés
qui donnent aux existences les plus infimes
une épaisseur
pour la vie une raison d'être immémoriale

un coin de souvenir où se reposer
où tout lâcher
où humer le temps d'un sourire
le charme d'un toi et moi
une chaleur

sur chaque battant de l'armoire à glace
maman au feutre
au crayon de couleur
aurait inscrit nos tailles en centimètres
puis en mètre à virgule
et au pire
faute de quoi écrire
elle aurait d'un coup de canif
d'une entaille légère
strié le bois tendre
hiver après hiver
et d'un été l'autre
on se serait vus grandir
(*mon beau navire ô ma mémoire*)

je redoute le trop-plein d'émotions
les effusions la confusion
je crains la réplique après le séisme
les larmes
qui chasseront les mots
l'étreinte éplorée de ma mère (la tienne)
si tu défailles
je devrai vous soutenir
moi qui n'ai jamais su rassurer personne

pour me rapprocher des autres
je ne connais que la distance

⁂

j'ai appelé mes frères
Jean et puis François
à nous trois
des années plus tôt
notre mère a livré son secret
ils lui tenaient la main
quand les mots qu'elle s'arrachait
secouaient son corps entier

je leur raconte mon enquête
je tâche de ne rien oublier
je dis mes doutes un à un dissipés
le double prénom de Marie-Élisabeth
sa date de naissance
son métier de nuit mes questions sous la pluie
ses gènes marocains
ses taches de rousseur
le nom de Michel D
son aveu qu'à elle aussi enfant
on demandait si elle avait bronzé
à travers une passoire
sa façon au téléphone de dire comme maman
zut flûte

ou
je suis allée aux courses

tu m'as envoyé une photo de maman
réagit François
je réponds *ce n'est pas maman*
c'est Marie-Élisabeth
saisissement
Jean à son tour
découvre la ressemblance
je n'ai pas rêvé
c'est elle
c'est toi
s'apprivoiser commence avec les yeux

tu t'enhardis
nous faisons connaissance
je t'envoie un portrait de groupe
mes frères et moi avec maman
tu la reconnais tu te reconnais
le néant recule
tu découvres ce nous sans toi
qui t'appelle
tu viens de là

à mon tour je reçois des photos des tiens
ton mari venu d'Orient tes enfants
deux fils une fille
un entrelacs de liens s'insinue se dessine
réel et ténu

des neveux des nièces des cousins
un vertige te gagne
une bouffée de bonheur mêlée d'angoisse
ta hantise d'être à nouveau rejetée
indésirée
indésirable

ici tu es adolescente
peau claire
cheveux anthracite
flamme vive dans le regard qui fixe bien droit
d'un air de défi
timidité un instant surmontée

cette expression je la connais
c'est notre mère à cet âge
j'agrandis l'image
tes sourcils noirs marqués
finement arqués
ta bouche bien dessinée
tu me dis que tu es grande
pour te regarder maman devra lever les yeux
je sens ta gêne
comme une faute avouée

je suis grande

(sur la porte de l'armoire à glace
zébrée de nos tailles
m'aurais-tu dépassé)

⁂

une autre photo
tu portes une robe couleur rouge à lèvres
ton regard roule sur le côté
du tragique plein les yeux
tu es près de t'effondrer
comme autrefois maman me scrutait
pensant à autre chose
à quelqu'un d'autre
avec des envies de partir

de mourir
peut-être

impression d'avoir traversé la mer
traversé le temps

quelle force inconnue
insoupçonnée
m'a convaincu qu'il m'appartenait
de te retrouver

je remarque tes yeux en amande
et la nuit dedans
ta coupe de cheveux
(leur noir profond)
maman a eu la même
autrefois

*
* *

je mords l'intérieur de mes joues
sensation d'avoir été battu
je vois des silhouettes sans visage
de noirs marécages
des hommes et des femmes aux yeux gris
j'entends des cris aigus
que couvre une ligne de basse
un grondement lointain
et toujours cette barre en travers
ce fer à la poitrine
je voudrais en finir avec ces jours qui passent
sans que plus rien n'avance
je désire ce moment où maman
de ma bouche enfin
apprendra la vérité
où elle et sa fille se retrouveront
où l'injustice de leur séparation
sera un peu
(rien qu'un peu)
réparée

tu me fais répéter
qu'elle ne t'a pas abandonnée de son plein gré
qu'elle a souffert autant
que tu as souffert
tu es de ces âmes éplorées

qui sans cesse ont besoin de se savoir aimées
plus tard
tu voudras j'en suis sûr
que je te raconte encore et encore
le moment où on s'est parlé
pour la première fois
tu me demanderas de te redire
les mots que j'ai prononcés sous la pluie
les mots que tu m'as répondus
entre deux sanglots
à force tu te persuaderas
que tout cela est vrai
qu'on s'est vraiment retrouvés

(en vue de ce moment-là
juste pour toi
je remplis de petits carnets)

des milliers et des milliers de jours sans réponse
creusent dans le cœur
obscures et froides
d'insondables galeries

montagnes russes des sentiments
on se vouvoie et on s'embrasse
tu es pressée qu'on se voie
et tu redoutes notre rencontre
Marie-Élisabeth le cache-cache est fini
cette fois tu chauffes

⁂

comment sans la foudroyer
dire à maman
maman
ta petite fille
je l'ai retrouvée
je ne lui laisserai pas le temps de la stupeur
je lui dirai dans un même souffle
craignant qu'elle perde le sien
(qu'elle perde connaissance)
je lui dirai *elle est vivante*
elle va bien elle te cherche

cinquante ans qu'elle te cherche

je guetterai sa réaction
je lui dirai ton prénom
la ville où tu vis
je lui parlerai aussi
des photos de toi
à partir de tes sept ans
quand (par inadvertance)
tu as su d'un coup ton abandon
ton adoption

ces mots envahissent ma tête
je vais faire exploser ma mère
lui jeter à la figure

les paroles qu'elle redoute
qu'elle espère

on s'assoira dans son canapé bleu
près du feu
dans l'odeur rassurante de la cuisine
son chat sur les genoux
ou dehors
sur un banc du jardin
face à elle dans le vieux fauteuil en fer
mes frères à ses côtés
surtout garder mon sang-froid

rien ne sera plus comme avant
pas étonnant que je perde tout
mes clés mon agenda mais pas mon téléphone
qui me relie à toi
je confonds mardi avec mercredi
une semaine avec une autre
tout ce qui n'a pas d'importance
je l'oublie
et en ce moment plus rien ne compte
que ce rendez-vous toi et moi
petite sœur
on se retrouvera gare Saint-Jean
on se retrouvera

une date se précise
le 15 décembre
un mois à attendre

tu es grande je me sens tout petit
(te sens-tu plus près de la vie)

quand je ne mords pas
l'intérieur de mes joues
la tension gagne mon cou meurtri
à peine je m'éveille
plongé dans un demi-sommeil
qu'on dirait que le ciel
a fracassé mon crâne

(vois Marie-Élisabeth
la tête que le temps m'a faite
en signe de défaite
si tu attendais un frère de jeu
il est trop tard)

je suis douloureux
je suis heureux

⁂

à cet instant je pense qu'il me faudra réparer
corriger
toutes les photos de famille
la vie a droit à des ratures
à des *nota bene*
je veux partout ajouter ton visage

je ne pense qu'à ça

un montage est possible
un artefact
un Photoshop

à chaque âge un trucage
dirait la vérité
pour te rendre ton image
ta vie volée
ta carte du Tendre par le temps dérobée
les vacances à Pontaillac
la pointe de Grave
les plages de Ronces-les-Bains
la forêt de la Coubre
le grand huit sur les Quinconces
les flamants roses de La Palmyre
les fêtes foraines les pommes d'amour
les galettes des Rois où tu serais reine
je pourrais même te placer
dans les bras de maman
toute petite blottie contre ses seins pâles

tu réponds à tous mes messages
mais tu gardes enfouies
tes envies de fuite

qu'est-ce que ça fait
de se retrouver

ça fait du bien ça fait
du chagrin

on ne se parle plus que par messages
trop d'émotion dans nos voix
on s'échange d'autres photos
tu t'étonnes de voir maman si souriante
tu veux savoir si elle sourit tout le temps
je réponds oui

quand elle est avec ses enfants

sous mes yeux les visages des tiens
ta fille de vingt ans cheveux noir intense
tes deux garçons l'un rieur l'autre songeur
traits du Sud
allures orientales
alchimie des mélanges
étrange et soudaine familiarité entre nous
mes neveux et ma nièce
enfants du soleil
soudain surgis de l'ombre
issus du plus grand peuple déplacé de la terre
regards sombres et rudes
leur Orient est kurde

aux petits-enfants de maman

⁂

ce sera le dernier dimanche de novembre
le mois le plus gris
pourtant j'imagine la scène
au milieu de son jardin sous un petit soleil de miel
à l'abri ajouré du pommier
du figuier
j'espère une lumière dorée
un peu d'été en automne
l'éclat d'une fontaine ruisselante

il est rare qu'on se retrouve ensemble chez elle
mes frères et moi
je pense à tous ces mots
si longtemps restés sur le cœur de maman
des mots de tendresse
de douceur
des mots pour toi seule
qui ont séché sur pied
mots papillons décolorés
faute de s'être jamais libérés
envolés
des *je t'aime* en pagaille
des *je pense à toi*
des *ne m'en veux pas*
des *mon petit mon amour*
des mots bloqués
des arêtes dans sa gorge
comme tous les reproches qu'elle s'est faits

de n'avoir pas remué ciel et terre
(*j'étouffais j'étouffais*)
pour te retrouver
pour être ta mère
pour te voler
pour te ravir

près de soixante années ont passé
maman t'a gardée bien serrée entre les feuillets froissés
de son cœur
un reliquat d'amour qui n'a pas servi
trésor rouillé
trésor tout neuf
qu'elle ne s'est jamais résignée
à sacrifier

On a rendez-vous chez elle ce dimanche après-midi
elle aura préparé des œufs au lait
un thé au jasmin avec au ventre
malgré le plaisir de nous voir
une légère appréhension
un soupçon
le sentiment que cette petite réunion
n'est pas tout à fait anodine

(une mère qui pour sa fille
n'a pu nourrir aucune attente
a-t-elle une chance un jour
de devenir sa mère)

*
* *

ça arrive par surprise
je lis mon journal
je prépare mon café
ramasse les feuilles tombées dans mon jardin
quand soudain monte un hoquet
une secousse tellurique un sanglot
une réplique
je suis en deuil d'une fillette de sept ans
j'examine encore ses traits
son regard qui brille
je cherche les fils invisibles qui nous relient
petite sœur perdue

je me demande si tu pleures dans les fêtes
si comme moi
tu redoutes Noël
le réveillon
les embrassades
les *bonne année*
les confettis les cotillons de la Saint-Sylvestre
je voudrais savoir
ta saison préférée ton fruit favori
le chocolat
noir ou au lait
et le matin thé
ou café

(pleures-tu encore
si quelqu'un t'appelle
Élisalebête)

⁂

des visions me tenaillent
lancinantes
de ce jour de janvier 1963
où maman
portes battantes et cœur aux tempes
a quitté l'œuvre Saint-Daniel
ventre déserté
les mains vides
ramenée à sa faute
elle n'avait plus qu'à marcher droit sans y penser
bien sûr elle ne pensait qu'à ça
comme à un enfant mort-né
marcher droit sans y penser
pieds en mouvement
toute sa vie à l'arrêt

une brûlure dans sa gorge
une envie de crier aussitôt réprimée
savait-elle où aller
avait-elle en poche un peu d'argent
sa mère a-t-elle accepté
sans reproches

qu'elle revienne à la maison
à cet instant maman n'était plus sûre de rien
pas même d'exister

je la vois nue d'enfant
court vêtue de sa peau
de son sang

quelqu'un l'a-t-il attendue
lui a-t-il adressé la parole
tendu la main
avait-elle un manteau à jeter sur son dos
est-elle repartie en auto-stop
comme elle était venue
pour rejoindre la chambre borgne
où sa mère
à peine sa grossesse connue
l'avait recluse
il fallait que nul dans le voisinage
ne sache la honte de ce ventre

qui a calmé son corps
détaché de ton corps

maman a-t-elle seulement gardé
un détail de toi
une image floue baignée de pénombre
le dessin de ta bouche
le rose de tes joues

seule Jacqueline
venue de l'enfance de maman
inquiète de sa disparition
des mois entiers
savait son drame
les mots de maman
avaient plané dans l'air
irréels
ne sachant où se poser
j'ai eu une petite fille
on me l'a prise
aveu sans lendemain

maman avec le temps
s'accommoda de ce déni
changé en amnésie

n'oublie pas
Marie-Élisabeth
maman a oublié

de t'oublier

*
* *

le jour où en elle violemment
remonta la lie de sa vie
la douleur de la perte

ce jour-là elle a parlé
et sans me le dire m'a chargé
de cette impossible mission

te retrouver

*
* *

maintenant je rassemble un à un
les petits grains de sable
du chemin
qui nous rend inséparables
je prends ta main
nous marchons dans une lumière écarlate
comme la noce d'un été ancien
nous sommes des enfants
nous ne sommes que des enfants
la vie sourit
je te pousse sur une balançoire
la corde gémit
tu cries *plus haut!*
dans nos narines l'odeur de l'herbe coupée
de la glycine
de tes robes d'été juste repassées
du pain frais sur la table

je t'entraîne vers la mer
pieds nus sur les sentiers semés

d'aiguilles de pin
à travers les dunes
entre arroches et giroflées
buissons d'immortelles
parasol sous le bras
nos paniers pleins à craquer
bouées gonflées
nappe en guise de table
serviettes-éponges
songes d'un après-midi de juillet
parfums d'algues
de fenouil sauvage
courses de baleinières grands voiliers
gestes banals d'une vie
rêvée

plumes en boule les mouettes
sont des torches blanches posées sur l'eau
vent du soir descente très lente du soleil
vers son cercueil bleu

maman et moi étions deux
avec toi nous sommes trois
nous ne faisons qu'un

⁂

on a attendu d'être ensemble mes frères et moi
assis devant maman

au milieu de son salon
parmi ses objets familiers
dans ma tête mes cailloux de Petit Poucet
ne rien oublier
tout dire d'un jet
une annonce comme une rafale

c'est une journée de novembre
de camions sur la grand-route
de gyrophares de sirènes
une journée sans feuilles dans les arbres
de ciel pâle à l'infini
alourdi
de grésil et de neige
je crains d'ensevelir maman
sous un manteau de givre

à son cou elle a passé une étoile d'argent
mon dernier cadeau de fête des Mères
j'ai dit ce que j'avais à dire
la voix moins assurée que j'aurais voulu
mais j'ai dit sa fille retrouvée
qui la cherche depuis cinquante ans
qui ne lui en veut pas
qui brûle de la connaître
qui a des enfants
qui est vivante
j'aurais dû commencer par là
sa fille est vivante

maman ne s'effondre pas
ne pleure pas
elle m'écoute sans ciller
mes paroles lui parviennent avec un léger intervalle
ses yeux s'accrochent aux miens
elle ne m'a jamais regardé aussi près
aussi fixement
ses mains de part et d'autre calées
en soutien de sa tête qui soudain
pèse comme une enclume

(décalage horaire
dérive des continents
je parle au présent
maman entend le passé
existe-t-il
un imparfait du présent)

ses cheveux épars laissent entrevoir
le blanc de ses racines
elle m'écoute sans un mot
finit par cacher ses yeux
elle ne sait pas dire ce qu'elle ressent
elle dit seulement
ça me fait quelque chose

cette lettre que Marie-Élisabeth
attend depuis si longtemps
elle voudrait la lui écrire sur-le-champ
trouver les mots

pourvu qu'elle me pardonne
on s'est approchés d'elle
on lui a rappelé la vérité
cette petite fille
ce n'était pas un abandon mais

un arrachement

maman se tait
son regard caresse un songe
le chat passe dans un reflet roux
puis elle veut tout voir tout savoir
de ce que je sais
les yeux grands ouverts elle découvre
les traits de sa fille réapparue
de ses petits-enfants inconnus
elle cherche des expressions qui lui parlent
un regard une attitude
une manière de pencher la tête
sur l'écran du téléphone elle caresse chaque visage
de ses doigts nerveux elle te reconnaît
se reconnaît
une euphorie passagère l'envahit
sa main tremble à moins
que ce ne soit la terre

ou moi

incrédule
maman rejoint un monde parallèle

je lui ai tout donné tout envoyé
les photos l'adresse de Marie-Élisabeth
que ses proches appellent
Élisabeth
ce soir demain et les autres jours
les nuits sans sommeil
elle saura qu'elle n'a pas rêvé

maman relève vers moi son visage
radieux et embué
comme le mien le soir où pour la première fois
je t'ai parlé
parmi les arbres aux feuillages détrempés

dans le halo du dernier soleil
on l'a laissée seule
elle n'était plus seule

tu étais là

⁂

un trouble agite encore maman
le craquement diffus des années
irréparable
cinquante-huit ans ont beau avoir passé
c'est une petite fille qu'elle attend
sa chair tendre sous l'écorce du temps

on se retrouvera bientôt à Bordeaux
là où tout a commencé
tu seras là avec maman et moi
nous trois
nous voir vite
même si nous appréhendons ce moment
toi surtout
tu crains le poison de l'abandon
la sensation d'être en trop
la honte tenace d'être ce que tu es à tes yeux
pas assez reluisante
pas assez bien habillée
pas assez bien tout court
pas très intéressante
trop grande trop encombrante trop voyante

(et si on te rejetait)

tu as pris l'habitude de te cacher
de fuir le monde
ta seule défense c'est ne rien dire
ou de pleurer

je te rassure
tu essaies de me croire

entre nous quelque chose se dénoue
l'air se fait plus léger
plus respirable
presque aimable

ouvre les yeux
tu vas nous trouver
un air de famille

⁂

On se promène sur les routes
qui ramènent à mon enfance
routes de l'Aunis envahies d'automne
feuilles jaunies des bords de la Boutonne
où broutent
taches blanches dans l'herbe grasse
impavides
les vaches maraîchines
clarine au cou
qui font le lait tinter dans les pots étamés
le soir à l'étable
je t'emmène dans mes paysages inchangés
la montée vers le calvaire
promontoire sur la mer
je reconnais le moindre virage
les haies brisées de chênes
de platanes d'églantiers
les fougères des fossés
les javelles de blé à peine
par le vent couchées
les parcelles de lin bleu
traces de mes jeunes années
ces lieux ces liens je te les rends comme serments de sang

et je fais mien ton visage
et je te ramène vers le rivage
(ma vie sans toi
j'ai marché mon chemin
garçon sans souvenirs
amnésique sans sommeil)

je sais je sais
les maisons de ce temps
ont disparu
les clés ont été perdues
et s'il en reste une
ou deux rouillées
elles n'ouvrent plus que des souvenirs
d'où la vie t'a exclue

⁂

qu'as-tu fait de ta colère

des années durant
jour après jour
seule dans ta voiture
revenant de l'hôpital
attendant tes enfants devant l'école
roulant sur les petites routes de campagne
seule à crever
seule et sûre
que personne ne t'entendrait

de toutes tes forces
jour après jour
à te faire éclater la tête

tu as crié

voiture à l'arrêt
ou traversant la campagne
cent fois mille fois et chaque 9 janvier
tu as hurlé ces mots
pourquoi
m'as-tu abandonnée
seule devant ton volant
seule comme maman
des jours des mois
des années sans lumière
tu as poussé ce cri d'amour
ce cri sans rien

qui espère

as-tu fermé la nuit derrière toi
maintenant tu vis au fil de l'eau
le beau tu ne saurais dire
à quoi il ressemble
sinon à tes enfants
au visage de tes enfants
à leur cœur sur la main
à leur main sur ton cœur

⁂

avoir la même mère
fait-il de moi ton frère
de toi ma sœur

vais-je t'aimer
va-t-on s'aimer
par-dessus les années
les jours du calendrier
les crevasses du rien
l'absence de liens
s'aimer sans la moindre habitude
sans avoir pu s'apprivoiser
s'aimer sans vacances d'été sans petits déjeuners
sans avoir partagé
ni couchers de soleil
ni tonnes de sommeil
s'aimer
sans avoir rien semé

⁂

monte en moi
intense
une chaleur nouvelle
je suis le foyer où tu te consumes
petite sœur

lumière aveuglante de nos vies
l'une à l'autre si longtemps absentes
soudain réunies flamboyantes
deux bûches dans l'âtre ne s'enflamment
ne peuvent s'enflammer
qu'en se touchant

cette fois nous brûlons

sans ce lien fraternel
nous n'étions pas tout à fait nous
pas pleinement humains
sans toi je ne pouvais espérer être moi
et sans moi
tu ne pouvais être sûre d'être toi
et chacun ignorant de l'autre
et chacun rencogné dans son froid
privé de la douce patrie
d'une fratrie

nous étions à moitié seulement
des êtres sensibles
des êtres sensés
une partie inconnue de nous
vivait sa vie au loin

tant pis si nous n'avons pas joué aux crocodiles
sur les motifs en losange
du tapis de maman
tant pis s'il n'y eut pas
de petits chevaux

de bataille navale
si le passé ne s'est pas passé
ce qui jaillit à présent
c'est une lueur de vérité
ma conscience d'exister
d'atteindre une source chaude
d'avoir repris figure humaine
d'être un homme sans ombre

nous

trois trains ce matin
fendent le brouillard d'hiver
trains cargos ballottés dans le jour hésitant
trois nez de brume lancés vers Bordeaux
dénouent l'énigme de nos vies

(15 décembre
rêves de s'attendre)

c'est aujourd'hui c'est maintenant
le train de maman a quitté La Rochelle
le tien a quitté Montauban
le mien Paris

va-t-on se reconnaître

question sans pourquoi
réponse sans parce que
nécessité fait loi

comme un et un font deux
(et bientôt trois)

⁂

peu avant Bordeaux le soleil
d'un éclat de rire
a déchiré le voile opaque
la gare se dresse
éclatante et massive
irréelle

l'air exulte
l'or de l'air

je suis arrivé en premier
je t'attends sur le quai
je t'attends depuis bientôt soixante ans

j'ai mis mes plus beaux habits
une chemise blanche
mon costume de velours clair
des souliers que j'ai brossés avant de partir
au premier regard tu sauras combien pour moi
ce jour est capital
je veux que tu n'aies aucun doute
c'est le rendez-vous de notre vie
le début de notre route

par la grande verrière s'écoulent des flots de lumière
tu vas bientôt arriver
ton train est annoncé
je te guette au bout de la voie
gorge serrée
pourrai-je te parler quand tu vas apparaître
le temps se traîne
mon cœur s'emballe

les premiers voyageurs descendent
je me balance d'un pied sur l'autre
j'époussette nerveusement mes épaules

tu es là
je te reconnais
tes taches de rousseur
ton petit air
la fille de Marlène Jobert

tu ne pourrais pas aller plus vite
sans risquer la chute
ni plus lentement

ton corps tes gestes ton allure trahissent
ton impatience

tu t'avances vers moi
je m'approche de toi
nous atteignons
l'autre versant de la nuit

je découvre l'aube de ton sourire
la flamme dans tes yeux ombrés
dont la couleur m'importe peu
tu es plus grande que moi
ta silhouette enveloppée d'un long manteau bleu
aux manches fantaisie
brodées de perles et de boutons dorés

à la lanière de ton sac à main
flotte un foulard
déjà nous nous embrassons
nous nous serrons pour ne plus nous perdre
nous nous serrons de toutes nos forces
je respire ton parfum
ton odeur
je te prends à bras-le-cœur
tes cheveux sentent le coiffeur

on ne sait pas bien comment dire
comment se dire
en silence on s'apprivoise
l'émotion manque de vocabulaire
c'est mieux que de parler
avec des mots usés

je t'assure que tout ira bien
c'est d'abord pour toi que maman vient
je ne suis pas certain que tu m'entendes
tu t'enhardis et racontes ton voyage
le brouillard soudain disparu
ton insomnie de la nuit

tes phrases se perdent dans le fracas des rails
ton sourire tremble
tes mains tremblent dans les miennes
nous nous serrons encore

le train de maman est arrivé
elle marche quelque part au milieu de tous ces voyageurs
qui envahissent le quai
mon téléphone sonne
elle ne sait plus trouver la sortie
je lui dis *nous sommes ici*
elle nous aperçoit

nous

dans l'étincelle d'une rame
s'envolent les noirceurs de nos âmes

tout scintille
les particules d'atmosphère
le ciel en liesse
son bleu gracile

la détresse
sur ton visage s'est effacée
avons-nous rêvé le brouillard

⁂

tête nue maman approche à pas comptés
ce moment elle le fait durer
peut-être a-t-elle du mal à avancer
dans l'air un petit air d'éternité
le temps est lent le temps s'absente

à mordiller tes lèvres
tu as éparpillé du rouge
à l'entour de ta bouche
le noir à tes yeux a coulé

je vous contemple dans le contre-jour
vos ombres portées glissent sur moi
la lumière zénithale ruisselle
sur le cristal de l'instant
sur vos corps unis
vêtus de soleil
et d'azur

le monde se fige
des mots voltigent par-dessus les voies
une larme naît dans tes yeux
dans les yeux de maman
vos larmes se retiennent
contournent les rives de l'absence
midi nous éblouit
maman lit chaque phrase de ton visage

deux douleurs fondent
deux douleurs font une douceur

tu la dépasses d'une tête
c'est un jour de réparation
de consolation
le jour où commence la vraie vie
notre vie ensemble

sans une parole
sur ta joue rougie par le froid
par le chaud
maman transie dépose une caresse
une tendresse
la blancheur de sa main
le baume de sa paume

avant ses mots sa main
pas un son pas une plainte
rien que sa main

sur ton visage elle sème ses premières fleurs
fraîche moisson de bonheur

ses mots ce sont ses mains
sur ta peau

son regard se vrille
brille et brûle
elle dit
ma petite
ma toute petite

elle ne dit rien d'autre
elle t'a tout dit

retour à l'innocence
aux balbutiements de l'enfance
du fond de son sac maman a sorti une écharpe blanche
toute sa vie elle a tricoté
pour ton corps jamais étreint
volute de laine immaculée
qu'elle enroule à ton cou
ajuste au col de ton manteau
elle effleure lentement ta joue
à son tour te serre contre elle
te serre encore

vos visages se mêlent
vos chevelures s'emmêlent
puis de son regard embué
maman me presse d'approcher
nous prenons toute la place
au milieu du quai
sur nos visages à travers la verrière
le soleil dessine ses arabesques
le brouhaha nous encercle
les haut-parleurs résonnent d'annonces
et de correspondances
on entend le roulement sourd des valises
des bribes d'*au revoir*
de *dépêche-toi*
de *bon voyage*
la gare s'est remplie de gens qui vont quelque part

et nous
où allons-nous
notre destination n’est inscrite
sur aucun affichage

nous sommes là tous les trois
rescapés des silences
elle a ouvert grandes ses ailes
ta petite maman retrouvée
nous voici blottis
à jamais amarrés
au creux douillet de ses bras

RÉFÉRENCES

page 64 : Henri Michaux, « Je suis né troué », *Ecuador* (Gallimard, 1929).

page 152 : proverbe burkinabé.

page 221 : d'après Edward Estlin Cummings, « Personne, pas même la pluie, n'a de si petites mains », 1931, *Collected Poems*, New York, Harcourt, Brace and Company, 1960.

page 221 : Claude Nougaro, « Une petite fille ».

page 230 : Guillaume Apollinaire, « La Chanson du Mal-Aimé », *Alcools*, 1913.

FILS DE BERBÈRES, Éditions Philippe Rey, 2014.

LA PRESSE EST UN COMBAT DE RUE, L'Aube, 2020.

LA PÊCHE DU JOUR, Éditions Philippe Rey, 2022 (Écoutez lire).

Récits cyclistes

Aux Éditions Gallimard

PETIT ÉLOGE DE LA BICYCLETTE, Folio 2€ nº 4619, 2007.

PETIT ÉLOGE DU TOUR DE FRANCE, Folio 2€ nº 5607, 2013.

Aux Éditions Denoël

LE TOUR. 100 images, 100 histoires (avec Jean-Marie Leblanc, Jean-Paul Ollivier et Bernard Thévenet), coédition avec AFP, 2013.

Chez d'autres éditeurs

JE PARS DEMAIN, Éditions Stock, 2001, prix Louis-Nucera (Folio nº 5258).

LA FRANCE VUE DU TOUR (avec Jacques Augendre), Éditions Solar, 2007, prix Antoine-Blondin.

Albums

Aux Éditions Gallimard Loisirs

LE TIERS SAUVAGE (avec Aldo Soares), 2005.

MARÉE BASSE (avec Éric Guillemot), 2006.

LA BELLE ÉCHAPPÉE. Un Tour de France autrement (avec Mickael Bougouin, Thierry de Lestrade et Sylvie Gilman), 2014.

Aux Éditions Philippe Rey

FEMMES ÉTERNELLES (avec Olivier Martel), 2011.

BERBÈRES (avec Olivier Martel), 2012.

Aux Éditions Calmann-Lévy

PLANTU, 50 ANS DE DESSIN, 2018.

À l'Atelier EXB

MARC RIBOUD, AU LONG COURS, 2023.

Reportages

Aux Éditions Denoël

EN AFRIQUE (avec Raymond Depardon), 2014.

PARTOUT SAUF EN AFRIQUE (avec Marc Riboud), 2014.

MES MONSTRES SACRÉS (avec Raymond Depardon, Jean-Pierre Bonnotte, Richard Dumas, Ulf Andersen, Stéphane Lavoué et Léa Crespi), 2015.

J'AI VU LA FIN DES PAYSANS (avec Raymond Depardon), 2015.

Aux Éditions de La Martinière

NATURE & PARURE (avec Hans Silvester), 2023.

Composition : Soft Office
Achevé d'imprimer
par Normandie Roto Impression s.a.s.
61250 Lonrai, en juillet 2023.
Dépôt légal : septembre 2023
Numéro d'imprimeur : 2302320

ISBN 978-2-07-303657-5 / Imprimé en France

613582